中公文庫

おいしい給食

餃子とわかめと好敵手

紙吹みつ葉

中央公論新社

目次

おいしい給食
餃子とわかめと好敵手

メニュー一

餃子とわかめと好敵手

一九八六年——夏。

雲一つない、青空が広がる夏の朝。さえぎるものがない空の近くには、緑に彩られた山山が顔を覗かせる。山に囲まれた田園風景の中に、無骨な鉄塔がそびえたっていた。

青々とした稲穂に囲まれた道を、半袖シャツが眩しい夏服姿の中学生たちが歩いている。ヘルメットをかぶった自転車登校組が、ゆっくり進む徒歩組を追い抜いて、幅の狭い川にかかる橋を駆け抜けていく。

橋の欄干には、「黍名子橋」と書かれていた。

黍名子橋を抜けてしばらく歩くと、黍名子中学校の校舎が見えてくる。その校門には、数人の教師が立っていた。

生徒たちは「おはようございます」と挨拶して校舎へ向かう。愛想よく挨拶を返す教師が多い中、中央に立つ教師だけが険しく、ピリピリした様子だった。

三〇代前半の、整った顔立ちの男性だ。刈り込まれた短い黒髪、清潔感ある白のシャツに臙脂のネクタイを締めている。優しく微笑みでも浮かべていれば、誰もが惹きつけられそうな端整な顔立ちだ。

だが大きな丸い黒縁メガネの奥で光る、生徒を監視するかのような鋭い眼差しが、気難しさを前面に押し出していた。

（私は給食が好きだ。給食のために学校に来ていると言っても過言ではない。なぜなら、母の作るご飯がまずいからだ。故に、給食は私にとって一日で最も充実した食事だ）

厳しいたたずまいと相反することを考えている男——甘利田幸男。二年前の秋に黍名子中学校に赴任してきた、数学教師。現在は、三年一組の担任をしている。

「おはようございます」

給食に思いを馳せる甘利田の前を、シャツの裾がズボンからハミ出た男子生徒が通り過ぎようとした。

「シャツをしまえ」

厳しい声音にビクついた男子生徒は、そそくさとシャツの裾をズボンの中に入れながら、校門を通っていった。その後も、身だしなみを厳しく注意していく。

（だが、そんなことは決して周りに知られてはならない。　教師が生徒以上に給食を楽しみにしているなどと知られたら、私の威厳は失墜する）

戒めるように自身に言い聞かせながら甘利田は、そばにいる教師をチラリと見た。

細身だが筋肉質な身体をポロシャツで覆い、首からホイッスルを下げるという、どこから見ても体育教師にしか見えない若い男性——甘利田の同僚である、真野浩太。　明るく人懐こい笑顔で、自分から女子生徒に挨拶している。

（だからただ心の底で、給食を愛するだけ……）

生徒たちからも明るく挨拶を返される真野から視線を外し、甘利田は物思いにふける。

（ここ、黍名子中学に転勤してもうすぐ二年。幸いにして、私の給食好きは誰一人として気づいてはいない。我(われ)ながら、完璧(かんぺき)だったと言わざるを得ない）

自画自賛の思考が漏(も)れて甘利田の顔に出ているが、生徒たちや他の教師からは見えていないようだった。

（今日は特別な日だ。急速に普及した米飯シリーズの中でも、私が最も愛するわかめご飯の日。しかもサイドメニューには揚(あ)げ餃子(ギョーザ)という、これはもう……トランプで言えばロイヤルストレートフラッシュ。麻雀(マージャン)で言ったら大三元(だいさんげん)……）

ギャンブルを連想させる妄想(もうそう)を、厳格な態度を取る甘利田が炸裂(さくれつ)させる状況はかなりシュールだ。賭(か)け事(ごと)ではなく、家族でゲームを楽しんでいただけかもしれない。

妄想に没頭するが故に、「甘利田先生」と声をかけられていることに気づかなかった。

「甘利田先生って」

もう一度声をかけられ、甘利田は「は？」という自分の声と共に現実に引き戻された。

声をかけてきたのは、生徒にヘラヘラ挨拶していた真野だ。

「今朝このあと、三年の学年会議がしたいって、さっき宗方(むなかた)先生が」

「わかりました」

「宗方先生、初めての学年主任なんで、張り切ってて」

少し困ったように笑う真野に、甘利田は鋭い視線を向けた。

「真野先生は、なぜ校門に立っていますか？」

話の流れを突然ぶっちぎる甘利田に、真野は「え」と戸惑いを見せる。

「そりゃ生徒たちに朝の挨拶を」

「挨拶をするのは生徒のほうで、我々ではない。我々は朝からたるんだ生徒を戒めるために、ここに立っています」

「……はあ」

「学校は仲良しクラブではない」

甘利田の勢いに押され、真野はそのまま「すいません」と返した。申し訳なさそうにしているが、納得しているわけではなく「とりあえず」という感じだ。

それでも甘利田は気にもせず、再び生徒たちの身だしなみチェックに戻るのだった。


校門前でのひと仕事を終え、教師たちは職員室に戻ってきた。

自分の席につくと、甘利田は引き出しから献立表を取り出した。Ａ４サイズのハードカードケースに、大切にしまわれている。

「わかめご飯」と「揚げ餃子」と書かれた今日の日付の欄を見て、甘利田は思わず笑みをこぼした。

（間違いなく、今日は米飯界の静かな実力者、わかめご飯。そしてサイドメニューは、味覚のスナイパー、揚げ餃子。このツートップを無意識に編成してくる善意(ぜんい)の第三者、給食センター……これは否応(いやおう)なしに、盛り上がる……！）

　本日の給食に、甘利田のテンションはヒートアップしていく——とそこに、再び真野が現れた。

「甘利田先生」

「……」

　現実に引き戻されたくなくて、さりげなく隠しながらも献立表に集中しようとする甘利田。しかしそう長く続けることはできない。

「先生、学年会そっちでやるそうです」

　特に気にした様子のない真野が、部屋の隅を指し示した。そこでようやく、甘利田は真野の言葉に反応し、示された方向に目をやる。

　職員室の隅には、折り畳(おりたた)みと思われる小さなテーブルが置かれ、すでに女性が席についていた。

　三〇歳前後の、ベリーショートの黒髪がスッキリした印象を与える、シャープで整った顔立ちの落ち着いた雰囲気(ふんいき)の美女だ。

彼女が黍名子中学校三学年の学年主任――宗方早苗その人だった。

甘利田は献立表をしまうと、真野と共に宗方のいるテーブルに移動した。

「それでは、学年ミーティングを始めます」

そう言うと、宗方は準備していたプリントを読み上げる。今月の連絡事項に関する内容をまとめたものだ。

「――以上が、今月の三年生の公式行事です。しっかり生徒たちに伝えてください」

必要な部分を読み終え、宗方はプリントをテーブルに置いた。そのまま、甘利田と真野を見ながら続ける。

「それと、最近女子でスカートの丈が長い子が目立ちます。特に三組。どうなってますか？」

宗方の少し厳しい視線が真野に向く。彼は三年三組の担任だ。

「あ、夏風邪が流行ってるみたいで」

「夏風邪とロングスカートの因果関係は？」

能天気な様子の真野を、宗方は容赦なく問い詰める。

「冷え性だからって、みんな」

「それ信じてるんですか」

「はい」

真野の返答に、宗方は呆(あき)れて言葉を失った。気を取り直して、宗方は甘利田に目を向けた。

「一組はどうですか？」

「……」

「甘利田先生」

もう一度呼びかける宗方に、真野が再び口を開いた。

「あの、スカートの丈の長さって、どこまでＯＫなんですかね？」

「見た目で判断できませんか？」

「たとえば、お姉さんのおさがりでまだちょっと大きくて、不可抗力でロングになっちゃうときとか」

意外と真面目(まじめ)な質問の真野。さらに「俺、中学のとき兄貴の学ランをブカブカで着てたんで」と付け加える。

「そういうのだったら、見たらわかります」

「そう本人が自己申告してもダメですか」

言い募(つの)る真野に、宗方は迷うように眉間(みけん)に皺(しわ)を寄せる。

「そりゃあ……本当だったら仕方ないですけど」

宗方がそう返した直後。

「――ダメです」

それまでずっと黙っていた甘利田が、きっぱり断言した。突然話に入ってこられた宗方と真野は、驚きで固まる。

「子供は言い訳をする。いちいち聞く必要はない。大人が基準を示さねば、奴らはつけあがるだけです」

「その言い方はちょっと……」

少しの慈悲や譲歩もない言葉に、宗方は少しムッとした顔で言い返した。

「誰のお下がりだろうが、引きずるような長いスカートや、ハカマのようにブカブカなズボンは、厳しく取り締まるべきだ」

「かえって反発を招きませんかね」

毅然と反論する宗方に、甘利田は厳しい顔をぐっと近づけてきた。

「予防が大事です」

あまりの近さにぎょっとして、再び言葉を失う宗方。ハンサムでも険しい顔で近寄られると圧が強い。

「服装の乱れは心の乱れ。心が乱れると、どうなりますか?」

甘利田からの圧に耐えながら、宗方は負けまいと返す言葉を考える。

「学習能力が……」

「食欲を損ないます」

思いついた言葉を宗方が言い切る前に、甘利田はそう断言した。宗方の口から「は?」と間抜けな声が漏れる。

「長いこと見ていたのでわかります。服装が乱れた生徒は、極端に給食を残す」

圧の強い、真剣そのものの顔でさらに言い切る甘利田。

「あの……何を言って……」

「だから予防せねばならない。今朝配付するこのポキールも同じでしょう」

そう言うと、甘利田はテーブルに載っている小さな袋を指さした。ギョウ虫という寄生虫の卵の有無を調べるためのセロファンが入っている。

「しっかり予防しましょう」

甘利田がそう締めくくると同時に、チャイムが鳴った。ホームルームが始まる合図だ。

宗方や真野からすれば不可解な流れだが、なぜか話がまとまってしまったのだった。

ところ変わって、三年一組の教室。ホームルーム中の教室は、授業中とは違い騒がしい。

甘利田は先頭の列に座る生徒たちにポキールの袋を配り、後ろに回すよう指示していた。

「ポキールは二日分だ。明後日のホームルームで回収する。忘れずしっかり説明書通りに行うように」

説明する間も、生徒たちは妙に盛り上がっていた。同じ日常の繰り返しの中だと、ギョウ虫検査でも物珍しいのかもしれない。

騒がしい中、ある男子生徒が手を挙げた。線の細く優しそうな顔つきが、不安げに曇っている。

「先生」

「なんだ、坂田」

「前回、どうしてもうまくいかなくて……今回も自信がありません」

真剣な様子の男子生徒——坂田信二がそう言うと、他の生徒たちがどっと笑う。しかし甘利田の表情はいつもの険しいままだった。

「中三だぞ、お前。ポキール一つできなくてどうする」

「母ちゃんにやってもらえよ！」

窘める甘利田に対し、別の男子生徒——的場達也が笑ってヤジを飛ばす。少しつり気味の目が大きく、イタズラ好きそうな笑みを浮かべている。

クラスメイトにも的場の言動は受け入れられているようで、さらに笑いが沸く。

その中で、べつの生徒が手を挙げた。今度は女子生徒だ。髪質も顔つきも柔らかく、穏やかそうに見える女子だった。甘利田は彼女の挙手に気づくと「俵」と名前を呼んだ。

「先生、ポキールはどうしていつも、天使の絵なんですか？」

「知らん。他に質問は」

柔らかな雰囲気の女子生徒――俵みな子の質問に切り捨てるように答え、再び教室を見渡す甘利田。

するとまた、べつの女子が挙手していた。長い髪を後ろで束ね、真面目そうな顔つきの女子――学級委員の皆川佐和子だ。

「先生、この検査結果って、どうやって知らされるんですか」

「検査に出して、処置の必要なものには後日、薬を配付する」

「それって、またみんなの前で渡されるんですか」

淡々と返す甘利田にさらに皆川がたずねる。返答の前に的場が「はずかしー！」と声を上げ、男子だけの間で笑いが起きる。

そんな男子たちの様子を見た皆川の顔が、怒りと苛立ちに染まる。

「それって、なんか人権問題っていうか……違うやり方にしてもらいたいです」

もし自分が検査に引っかかって、クラスメイトたちの前で薬を渡されたら、今と同じように男子たちに笑い者にされる。そんなことを想像したのだろう。

「検討する。他には？」

とりあえず意見を受け止め、さらに質問がないか確認する甘利田。どうやら先ほどの男子の笑いをピークに、教室内は落ち着き始めたようだ。

甘利田は教壇に戻り、改めて生徒たちを見回した。

「言っておくが、ポキールをバカにする奴は、ポキールに泣く」

何が面白いのか、落ち着きかけた教室に再び笑いが起きる。

「――静かにしろ」

甘利田が、低く通る声で一喝した。一気に緊張が走り、教室が静まり返る。騒がしかった生徒たちにさっきまでは何も言わなかった反動なのか、空気が重くなった。

「子供は予防を怠る。だからこうして大人が強制をする。その強制をバカにする人間を、私は許さない」

あまりの語気の強さに、生徒たちは一切声を上げず、甘利田に注目したまま固まっていた。そんな生徒たちを、甘利田はじっと見回す。

「ポキールをバカにする奴は、ポキールに泣く。わかったな」

さっきまでの元気が完全に消えた生徒たちは、力なく「はい」と返事をした。

返事を確認すると、静かな教室の中「日直」と声をかける。慌てて立ち上がったのか、椅子が大きな音を立てると同時に「起立、礼」とかけ声が響いた。

ホームルームを終え、甘利田は職員室に戻ってきた。席に着き、授業の準備を始める甘利田に、隣の席の宗方が声をかけてくる。

「甘利田先生」

「はい」

「また、あの教育委員会の方が来てるみたいですけど」

厳しい顔つきに不安を覗かせた表情の宗方に、甘利田は咄嗟に返事ができない。

甘利田の脳裏には、懐かしくも口惜しい記憶が蘇っていた。黍名子中学校に赴任する前の学校でのことだ。

今と変わらず、子供の模範となるように振舞い、厳しく接しながらも、給食の時間がこの上ない幸せで。その給食がなくなる同時期に、甘利田は黍名子中学校にやってきた。

「先生、前の学校であの方と何かあったんですか」

「べつに、何も」

大切な記憶を呼び起こす中で、宗方が口にした人物については一瞬で切り捨てた。即答だからこそ気になったのか、宗方はさらに表情を険しくして続ける。

「あの、私そういうことも一応知っておきたいんです。学年主任なんで」

甘利田は答えなかった。もう過ぎたことで、わざわざ語るべきことでもない。

二人の間に沈黙が落ちた直後、校長室に通じる扉が開いた。自然と甘利田と宗方の顔がそちらに向く。

そこから顔を覗かせたのは、禿頭と人が好さそうで穏やかな顔つきが特徴的な、五〇代後半の男性だった。甘利田に目を向け、校長の箕輪光蔵が口を開く。

「甘利田先生、ちょっとお客さん」

返事の代わりに、甘利田は黙って席を立った。

箕輪に促されて校長室に入ると、応接セットのソファに男が座っていた。

大柄でいかつい顔つきの四、五〇代の男だ。眉間に皺を寄せて、出されたお茶を啜って
いる。甘利田も自然と、この男と同じように眉間の皺を深くした。

この男は、教育委員会職員——鏑木。甘利田が前の学校からこの黍名子中学校に赴任
する原因となった人物だった。

「……どうも」

甘利田はいつも以上に低く、ぶっきらぼうな声で言うと、鏑木の斜め向かいに座った。

鏑木の正面には箕輪が座る。

ぶっきらぼうとはいえ挨拶した甘利田を一顧だにせず、鏑木は箕輪に顔を向けた。

「甘利田先生はどうですか？」

鏑木は、目の前にいる甘利田がいないかのように箕輪だけを見据える。いきなり話を振
られ、箕輪は「え」と一瞬驚いた声を上げた。

「大変よくやっていただいていますよ」

「問題を起こしていませんか」

「問題なんて、ぜんぜん」

決めつけるような鏑木の口調に、箕輪はとんでもないとばかりに手を振って答える。それが不満なのか、険しい顔つきのままに鏑木は「そうですか」と短く返して続けた。

「いやね、この先生はどんな猫をかぶっているのかわかりませんからね。私もこちらに受け入れていただいた責任がありますから、こうして定期的に寄らせていただいています」

「教育委員会もお忙しいでしょうに。ご苦労様です」

甘利田への敵対心を隠そうともせず、代わりに箕輪には配慮するかのように言う鏑木。そんな言葉に合わせて、箕輪は労うように返した。

「時に……こちらは、まだ給食でしたな」

突然の給食の話題に、「はい、そうですが」と箕輪は怪訝そうに答える。それを聞いた鏑木は、突然立ち上がった。

「また来ます」

箕輪にそう告げると、鏑木は甘利田を一瞥して校長室から廊下へ出て行った。

しん、と静まり返る校長室。すると今度は箕輪が立ち上がり「コーヒーでも淹れましょうか」と独り言のように言って、コーヒーメーカーに向かう。

少しして、二人分のコーヒーの入ったカップを持ってくると、箕輪は甘利田の向かいに座った。甘利田は目の前に置かれたコーヒーに、シュガーポットの砂糖をガポガポと投入し始める。

「あの人、何なんですかね。毎回毎回」

先ほどまではにこやかに対応していた箕輪は、少々うんざりした様子で甘利田を見ていた。砂糖を入れ終えた甘利田は、スプーンでかき回しながら口を開く。

「なんか、すいません」

「甘利田先生が謝ることじゃないですよ」

素直な謝罪の言葉に、箕輪はすかさずそう返した。直前の声音が嘘のように優しく、労いのこもった声だった。

「以前何があったか知りませんが、私は先生を信頼しています」

まっすぐな言葉に、甘利田はいつもの淡泊な調子で「ありがとうございます」と返した。そのまま砂糖たっぷりのコーヒーを勢いよく飲む。

そんな甘利田を見て、箕輪は笑った。

「たぶん先生は、誤解されやすいタイプなんじゃないかな」

「そうなんでしょうか」

「正直だから。見ていて気持ちがいいくらい」

甘利田自身にもよくわからないことを、箕輪は笑顔で断言した。決して彼の言葉を疑っているわけではないが、それでも甘利田自身にはどこかしっくりこなかった。

「ただ、そういう人のことが気に食わない、って人もいるってことです」

箕輪がそう付け加えると同時に、甘利田が飲んでいたコーヒーは空になっていた。同時に立ち上がる。

「……では」

退席しようとしている甘利田を見て、箕輪は急に何か思い出したように「ああ」と声を上げた。

「先生が担当している一組、確か空きが一人分、ありましたよね」

「ええ」

「明日、先生のクラスに転校生が来ますんで、よろしくお願いしますね」

甘利田は「わかりました」とだけ返すと、そのまま校長室を出た。

(私が、給食のために学校に来ていると言っても過言ではないことに気づいている人間――教育委員会の鏑木)

甘利田は廊下を歩きながら、先ほどのことを思い返して苦い顔をしていた。

(あの丸い顔が登場すると、いつも萎える……)

初めて顔を合わせたのは、以前いた学校の校長室だった。給食の廃止を言い渡してきたときのことを、あの顔を見ると甘利田は思い出してしまう。相容れない存在だというのを、ひしひしと感じていた。

（……そしてもう一人、私の秘密を知る者が――）

廊下を進んでいくと、配膳室にたどり着いた。足を止めると、甘利田の存在に気づいた人物が中から出てくる。

白い三角巾と、調理用の白衣姿の女性――「給食のおばさん」こと、牧野文枝だ。

「あら、先生おはようございます」

笑顔で挨拶してくる牧野に、甘利田はいつもの淡々とした口調で「おはようございます」と返す。

（前の中学から、よりによってここに再就職していたとは……今でも彼女を見ると戸惑わずにはいられない）

そんなことを甘利田が考えていることなどつゆ知らず、牧野は笑顔で続ける。

「先生、今日の献立……知ってる？」

「……さあ」

「わかめご飯、先生好きでしょ」

「特段、どうということも……」

前の学校の頃と同じように、興味がないような素振りで牧野に返す甘利田だったが――目を細めた牧野の笑みは、含みを持たせたものに変化する。

（なんだその訳知り顔ー！）

内心で絶叫しつつも表に出ないよう抑え込み、甘利田は「失礼」と淡々と告げると足早に配膳室をあとにする。

そのまま職員室まで戻ってくると、甘利田は引き出しから献立表を取り出した。動揺で乱れた呼吸を、「わかめご飯」と「揚げ餃子」の文字を見て整えていく。

（集中だ。私には――餃子とわかめが待っている！）

自分を強く励ますと、落ち着きを取り戻した甘利田は、改めて自分の授業の準備を始めるのだった。

そして時は流れ――四時間目の授業終了を知らせるチャイムが、校内に鳴り響いた。

給食係は白衣に身を包むと、配膳室に向かって飛び出していく。残った生徒たちは、グループ分けの配置にするため、各々机を動かす。

授業がひとまず終わった解放感で騒がしい生徒たちは、少しでも好きなもので腹を満たしたくて給食当番に文句をつけたり、順番待ちの列でふざけ合ったりしている。後ろに並んでいた甘利田は生徒たちにイライラした様子で注意したり、小突いたりしていた。

配膳が終了すると、各自席に着く。ちょうど同じ頃、校内放送で「黍名子中学校校歌」が流れ始めた。

生徒たちは席に着いた状態で、校歌を斉唱している。すでに習慣化しているからか、面倒そうにしている生徒はおらず、それなりにしっかり歌っている。

そんな教室の中で唯一——甘利田だけが、ノリノリで校歌を歌っていた。拳を握った腕を存分に振り、高らかに歌い上げる甘利田。生徒たちはしっかり歌うことに集中しているからか、そんな甘利田の様子は目に入っていないようだった。

校歌斉唱が終わると、日直の二人が教卓の前まで出てきた。二人は「せーの」と息を合わせる。

「手を合わせてください」

揃った日直の言葉で、一斉に合掌する甘利田と生徒たち。

「いたーだきます」

日直二人の揃った声のあと、「いたーだきます」と教室中の声が揃った。

こうして、黍名子中学校の給食が始まった。

わいわいがやがや騒がしい中、自席の甘利田は給食が載ったトレイをじっと見つめつつ、丸い黒縁メガネを外した。給食を食べる前の儀式の一つだ。

(今日のメニューは、米飯界の影の刺客……わかめご飯。そしてメシを進ませるトップランナー、黄金色の憎い奴、揚げ餃子)

つやつやした白い米を、鮮やかなわかめの緑が彩るわかめご飯。具材の詰まった揚げ餃子の中央は色の薄い黄金色に、具材を逃がさないよう封のされたフチは濃い黄金に輝いていた。その横には、千切りキャベツが添えられている。

(野菜不足を補うには若干力不足の千切りキャベツ。お椀に小松菜とエノキの味噌汁)

味噌の広がった茶色の汁に、ざく切りの小松菜と白いエノキが浮かぶ。トレイの端には、どんなメニューにもいつも寄り添う、瓶牛乳が鎮座する。

(そして、給食という大海原を照らす灯台……いつもそこにある安心の瓶牛乳。最近では私の好みとバランス、共にほぼベストなアンサンブルだ)

ひと通りトレイを見渡すと、甘利田は目を閉じて精神統一に入る。これも給食を食べる前の儀式だ。

(米飯給食が始まって、私の所作も整いつつある。ご飯に味噌汁という和食の基本が学校で実現するにあたり、まず口にするのは味噌汁という……日本食の口火の切り方が可能になった)

目を開くと、甘利田はどこからともなくあるものを取り出した。細長い、直方体の黒い箱のようなものだ。

(そして……これだ)

上部を横にスライドさせると、中から黒光りする箸が現れた。しかもよく見ると、箸の持ち手近くに「甘利田」と刻印が施されている。

（この日を待っていた――念願の、マイ箸！）

　箸箱からゆっくり箸を取り出すと、慈しむように笑みを浮かべて握り締める。

（未だに先割れスプーンがベースだが、米飯のときのために箸を自前で持ってくることが許可されたあのとき……私はかねてから考えていたこの輪島漆塗の箸を自分へのご褒美として買い与えた。しかもこだわりの、オンネーム！）

　上がるテンションのまま教室を見渡すと、生徒も自分の箸を持ってきているようで、各々使っていた。その大半が、キャラクターの絵が描かれたプラスチック製の箸だ。

　生徒たちの箸と自分の箸を見比べ、甘利田は満足そうに頷く。

（見よ、この黒光り。断言しよう。味は匙で変わる）

ひと通りマイ箸を堪能し、ついに味噌汁に手を伸ばした。マイ箸をお椀に入れて具を押さえ、ゴクリと味噌汁そのものを味わう。単純な塩辛さだけでなく、鼻に抜けるダシの風味と味噌の香りが口いっぱいに広がり、喉を通り抜けていく。

（……うまい。味噌汁がこんなにうまいものだとは、私は給食で初めて知った。なぜなら、母の味噌汁はダシを取っていないのだ。その事実を給食味噌汁との比較で知ったとき、私は愕然とした。母の味噌汁は、単なる味噌溶き汁だった）

　そんなことを思いながら、小松菜とエノキも口に運ぶ。汁を吸ってもシャキッとした食感が残る小松菜と、歯ごたえのあるエノキのうまみが、味噌とダシの効いた汁に絡む。独特な持ち味の野菜やキノコでも、味噌汁の包容力で味わい深く整えてくれる。

（汁物で、喉がいい感じに開通した感がある）

　味噌汁を堪能すると、甘利田はわかめご飯の器を手に取った。

（さあ、これだ。ここで主役が登場。しかもそれを誘うのは、輪島漆塗の逸品だ！）

　テンションが上がってきたところで、豪快に大きめの塊の状態でわかめご飯を掬い上げる。一口で頬張るために口を開け、ぱくり。

　嚙んだ瞬間、白いお米の甘さに塩のしょっぱさ、ゴマ油の香ばしさが口内に広がった。

（んまぁい！　しょせんわかめ、されどわかめ。レシピとしてはなんてことはない。ご飯にわかめと白ゴマ、ほのかな塩気とゴマ油。以上終了だ）

　改めて材料のシンプルさを感じながらも、わかめご飯を頬張る箸の動きは止まらない。

（なのになぜ、このヤミツキ感が宿るのか。ひとつはこの食感だ。お米のふわふわもちもちと、わかめのヌルヌルコリコリ。このコラボ）

　嚙むたびに、お米の柔らかさとわかめのしっかりした歯ごたえが返ってくる。シンプルな味わいと食感の楽しさに、どんどん箸が進む。

（私にとって「わかめ」とは、母の味噌溶き汁にゴワゴワな感じで投入されている、まさに海の藻屑だった。それがこのような形で、見事な食材となる）

　普段の厳しい顔つきは消え、とことん幸せそうに頬を緩めながら、甘利田はわかめご飯を咀嚼し、飲み込んでいく。

（つくづく思う。料理とは――センスであると）

しみじみとそんなことを思いながら、わかめご飯と味噌汁を交互に食べていく。

（わかめは、日本人に最も食されている海藻だ。ヨウ素、カルシウム、カリウム、亜鉛など海洋ミネラル成分が多量に含まれるだけでなく、フコダイン、アルギン酸のような食物繊維も豊富だ。特にわかめの根本にある「メカブ」はヌメりが強く、栄養価が高い。海苔と並んで古くから日本人に親しまれてきた海藻であり、「万葉集」にも登場している。豊作祈願の神事などにも利用される、まさに神の海藻だ）

甘利田は数学教師だが、こと給食、食べ物が絡むと興味が尽きず、自然と食べ物に関する雑学が身についてしまうのだった。

わかめに関するあれこれについて考えながら食べていると、ふと教室内の一部が騒がしくなっていることに気づいた。

目をやると、的場がわかめご飯の器に味噌汁をぶっかけている姿が見えた。豪快な行動で盛り上がったのか、周りの生徒たちから笑いが起きている。

「こうしたほうが、うまいんだよ」

言い切る的場に、さらに笑う仲間たち。

そんな様子を、甘利田は忌々しそうに見ていた。

（まったく……ホームラン級のバカだな。確かに猫まんまはうまい。ただそれは、プレーンな白いご飯ベースのときに限られるんだ。塩気を含んだ完成したご飯に、こちらも完成度の高い汁物を投入して何になる。あきれた未熟者だ）

甘利田は、給食のメニューをただ安易に混ぜただけの行動を工夫とは見なさない。メニューの内容に合った工夫でなければ、ただの未熟者の所業にしか感じられないのだ。

（そう、その程度では……ただの未熟者だ）

一瞬、何かべつなことを考えそうになった甘利田だったが、すぐに気を取り直し、牛乳の紙キャップを開けた。

（……こんなときは、気を落ち着けるために牛乳だ。給食における牛乳は、おかずに合う合わないではない。閑話休題ブレイクタイムとしての役割がでかいのだ）

内心で言い切りながら牛乳を飲むと、甘利田の箸は揚げ餃子に伸びた。

（さあて、こいつだ。二個ある。これが嬉しい。一個目は単体として味わう。二個目では、その他の献立とのコラボが実現する……では、一個目）

揚げ餃子を一つつまみ上げると、大きく口を開けてぱくり。カラッと揚がった香ばしさと、カリッとした食感が口内に広がる。

（これだ！　皮というよりも、むしろ衣。いやこの硬さは、難攻不落の要塞か）

さらにカリカリと噛み砕いていくと、難攻不落の要塞が守っていた具材が現れる。

（その中で、旨味が凝縮された肉中心のタネが、信じがたい柔らかさで舌に届く）

細かく刻まれた茹でタケノコと椎茸、そして豚ひき肉の脂の旨味が、皮の硬い食感と対照的な柔らかさで渾然一体となる。硬さと柔らかさの調和に、甘利田は自然と身体が揺れ動き、思わず笑みが浮かんでくる。

（うまい。なんだよこれ。うまいに決まってんだろうがよ、この野郎）

ふふ、と、つい笑い声すら漏れてしまった。

——そんな甘利田の、幸せなひとときを見ている人影があった。廊下から注がれた視線に甘利田は気づいていない。

廊下から覗き見ていたのは、宗方だった。給食に没頭する甘利田の姿を、ぎょっとした表情で固まったまま見ている。

声をかける気配はない。当然だ。給食の世界にのめり込んでいる甘利田を見て、声をかけられる猛者はそういない。

宗方の視線に一切気づく様子のない甘利田は、ようやく一つ目の揚げ餃子を食べ終えた。

（では……いざ！）

メニューを一つ一つ味わっていた甘利田の箸を持つ手の動きが変わった。なぜそこまで急ぐのかという速度で、味噌汁を啜りわかめご飯を頬張り、千切りキャベツを咀嚼し、揚げ餃子に食らいつき、牛乳を流し込む。

（私はこのときのために、一日を迎える。今がまさに、一日のピーク。給食を食べ終えることで、一日が仕上がる。したがって給食のない週末などは、とことん仕上がらない）

ローテーションを守りながら、勢いづいたまま食べ続ける。

（ありがたい……ありがたい……うまさは――力だ）

そんなことを思いながら、ものすごい勢いで食べ続ける甘利田。

その様子を、廊下からずっと宗方に見守られ――凝視されていることにも気づかないまま、甘利田のトレイは空になっていた。

（今日も……仕上がった）

勢いのままに、椅子の背にもたれ込み、食べ終えた余韻に浸るように甘利田は目を閉じた。

（……ごちそうさまでした）

食後の挨拶を内心で呟くと、甘利田は再び目を開ける。そのまま教室内を見渡すと、変わらず生徒たちが給食を食べている光景が広がっていた。まだ半分ほどしか食べていない生徒が多く、甘利田はかなり早く食べ終わってしまったようだ。

それでもなぜか、甘利田の視線は教室をさまよう。何か探し求めているように。

そんな自分に気づき、甘利田はハッとした。

（私は……何を期待している。私よりうまい食い方をする……そんな奴の存在を、期待したというのか……）

わかめご飯に味噌汁をかけて食べるような、そんな単純な食べ方ではない。もっと独創的で、とにかくうまそげな食べ方をする存在――

（そんなのは、詮なきことだ……奴は、もういない）

食べている生徒をぼんやり見渡していた甘利田は、そう自分に言い聞かせる。意識を無理矢理切り替え、改めて給食の余韻に浸ることにした。


給食の時間が終わり、昼休み、掃除、午後の授業も終わり――下校時間になった。

三年一組のベランダに出ていた甘利田は、生徒たちが下校していく校庭を眺めていた。

そこに、隣の二組のベランダから宗方が出てくるのが見え、甘利田は顔を向ける。

「甘利田先生は、給食がお好きなんですか？」

何の前振りもなく、直球で甘利田の秘密（本人はそう思っている）に触れる宗方。甘利田は露骨にぎくりと身を強張らせる。

「何を……バカな……」

動揺で揺らぐ声で誤魔化そうとするが、宗方は「え」と不思議そうに首を傾げる。

「べつにいいじゃないですか、好きでも」

「この学校のモットーは、確か質実剛健でしたね」

甘利田の妙に必死な形相と声に、宗方は戸惑いながら「……そうですけど」と返す。

「飾り気がなく真面目で、たくましいという意味です」

「その通りです」

甘利田の言葉を肯定する宗方に、さらに続けた。

「なので、一生懸命食べる。それだけです」

「……」

それを聞いた宗方の顔には、「あ、そこにつながるのか」とでも言いたげな、納得していないような、微妙な表情が浮かんでいた。

そんな宗方に「失礼」とだけ言った甘利田は、そのまま逃げるように教室の中へ引き返していくのだった。


その日の放課後、甘利田がやってきたのは、住宅街。正確には、住宅街にある駄菓子屋だった。辺りで店と呼べるのはこの駄菓子屋くらいだ。

古い日本家屋の横に、店舗スペースが張り出している。開け放たれている透明なガラス戸の外には、背の高い大型冷蔵庫らしきものが置かれていて、それに並ぶようにベンチが設置されている。

ガラス戸の左側には背の低いアイスクリーム用冷凍庫があり、その前にもベンチがある。

周りには、中学生が数人たむろしていて、買ったばかりの駄菓子を楽しんでいる。

(この土地に赴任して二年。私には新しい楽しみができた。今や私にとって給食に次ぐ、一日の楽しみとなりつつある)

そして甘利田はというと——その近くにある電柱の陰に隠れて、中学生たちの様子をうかがっていた。

(——駄菓子。もちろん私だって、幼少期に駄菓子屋に行ったことはあったが、家以外で何かを食べることが本能的に後ろめたくなり、それほど満喫していなかった)

中学生の一団はなかなか立ち去ろうとしない。

(……が、大人になった今この世界に再会し、その魅力にハマった)

中学生たちを監視するような目で見ていると、甘利田の足元に野良犬がやってきた。そのままどこかに行くかと思いきや、足元をうろうろし始める。

甘利田は「しっしっ」と声を殺しながら手を振り、追い払おうとする。だが野良犬は、じっとしたまま甘利田を見上げていた。

(母のまずい夕飯前に、小さな贅沢を噛み締める。だがこれも、決して生徒たちに知られてはならない。教師が帰りに道草くって駄菓子屋に通うなどと知られたら、それこそアウトだ)

そんなことを考えている間も追い払い続けていると、野良犬はトボトボと歩き出した。

何かもらえるのではという期待が叶わないと悟ったのかもしれない。

(我ながら……危ない橋を……渡っている……)

冷静にそんなことを思う一方で、甘利田はニヤリと不敵に笑った。この状況を、案外楽しんでいるのかもしれない。

その時、駄菓子屋のほうから「バイバーイ」と複数の声が聞こえた。駄菓子を楽しんだあと、各々の帰り道へ向かったようだ。

生徒たちの姿が完全に消えると、甘利田はゆっくり駄菓子屋に近づき、店内に入った。すぐに、色とりどりの駄菓子のパッケージが目に飛び込んでくる。紙の箱に同じ商品が並ぶもの、プラスチックのフタのついた透明な箱に入ったものなど、所狭しと並んだ駄菓子たち。種類がありすぎて、駄菓子屋に慣れていない人間なら目移りしてしまうだろう。

だが甘利田は、迷いなくある場所まで進んだ。

店に入って右手には、白髪交じりの髪を頭の上でお団子にまとめた、店番をしている老齢の女性の姿がある。皺が刻まれた顔にメガネをかけ、首にはグレーのスカーフを巻いている。それなりに年を取っていることはわかるが、ギロリと甘利田を睨むその眼光に衰えは感じられない。そんな視線を意識しながら、甘利田はある商品の前で足を止めた。

(今日は朝から決めていた。この、ベビースターカップラーメン)

手に取ったのは、赤とオレンジに彩られた、手のひらサイズのカップラーメン。通常のカップラーメンより小ぶりなため、食事というよりおやつとして手頃なサイズだ。

（駄菓子としてのカップ麺という、独特の立ち位置がそそられる上、あのベビースターを実際にスープ麺として食べるという、ちびっ子たちの夢を叶えるアイテムだ。しかも六〇円という価格破壊）

ベビースターカップラーメンを持って、店番をしている女性――以前「お春」と呼ばれていたのを聞いたことがあった――に、六〇円分の硬貨を渡す。

「お湯を貸してください」

同時にそう言うと、お春はアゴですぐそばにあるポットを示した。軽く会釈して、甘利田はポットの前まで移動する。

（お湯を入れるという、このひと手間が駄菓子ワールドでの上級アイテムを意識させる）

お湯を入れてフタをすると、そのまま店を出ようとした。しかし店の前のベンチに、一人の少年の姿を見つけた甘利田は、思わず店内に身を隠す。

年齢は、先ほどまでいた中学生たちと同じくらいに見えるが、私服姿だ。角度の関係で、顔は見えない。ズルズルと麺を啜る音が聞こえ、少年の手元を見ると、甘利田が今買ったベビースターカップラーメンを食べている。

しかし、ズルズルという啜る音と同時に、カリカリという硬いものを噛む音も混じる。

（なんだ……何か一緒にかじっているのか）

気になって仕方がなくなり、甘利田は少年の背後から顔を覗かせた。

少年は、近くに置いてあった袋——本家ベビースターラーメンをカップ麺に投入していた。

(追いベビースター！)

雷にでも打たれたような衝撃に、甘利田の目が見開かれた。その間も、ズルズル、カリカリと、違う食感を楽しむ音を響かせながら、少年は食べ続ける。

(そんなの、うまいに決まってるだろう！　カップ麺と袋菓子を融合させ、二種類の食感を楽しんでやがる……なんというアイデア、なんという創意工夫。こんなことを思いつくのは——)

衝撃に打ちのめされている間に、少年が立ち上がる。食べ終わったらしく、空になったカップ麺と袋菓子を手に立ち去っていった。

(なんだ……この、圧倒的な既視感！)

立ち去っていく少年の後ろ姿を見据えながら、抑えられない興奮に拳を強く握る甘利田。

その姿を、お春が目を丸くして見ていた。少し遅れてその視線に気づいた甘利田は、そそくさと店を出た。

(そんなバカなことはない。私は疲れているんだ……もう今日は、これを食って帰ろう)

ガラス戸を閉じてベンチに座ると、甘利田はベビースターカップラーメンのフタを開けて食べ始める。

さっきまとわりついてきた野良犬が、遠くから甘利田を見つめていることに、気づくことはなかった。


翌日。雲一つない青い空が広がる朝。いつものように、甘利田は他の教師たちと共に、校門の前に立っていた。通るたびに挨拶してくる生徒に、挨拶を返していく。

いつもと変わらない光景――のはずだった。

甘利田はふと、妙な予感がして動きを止めた。今日、何かあったのではなかったか。甘利田に明確な覚えはなかったが、胸騒ぎのようなものを感じる。

校門に連なる道を見つめる甘利田の視界に、一人の生徒の姿が入ってきた。

「あ……あ……」

切り揃えられた短い黒髪に、穏やかな笑みを浮かべる少年。最後に見たときはまだ幼さの残る顔つきだったが、二年ぶりに見た彼は身体が少し大きくなり、顔つきも大人っぽくなっていた。

――神野(かみの)ゴウ。かつて、甘利田と給食バトルを繰り広げた男だ。

（で……でかくなってやがる）

しかし相変わらず、穏やかながらも何が楽しいのかと言いたくなるほどの満面(まんめん)の笑みで、神野は甘利田の前で足を止めた。

「おはようございます」

言葉が出ない甘利田に以前より低い声で挨拶すると、神野はペコリと頭を下げて校門を通って校舎へ向かった。その姿を目で追い、遠ざかっていく背中を凝視する甘利田。

(私は……この生徒が苦手だ)

その場に立ち尽くす甘利田の横を、生徒たちが何も気づかず通り過ぎていく。

(神野ゴウ――私と、給食道を争う者)

甘利田の視界から、校門や生徒たち、教師の姿は消えていた。

ただ一人――神野ゴウの後ろ姿だけが、甘利田の目に映る。

(また奴との戦いが――始まろうとしている)

絶望とも希望ともつかない感覚が、甘利田の全身を駆け巡っていた。

メニュー 二

始まりはいつも筑前煮

黍名子中学校、三年一組の――朝のホームルーム。

三年一組担任の甘利田幸男は、自席からものすごい形相で、黒板の前に立つ生徒を見つめていた。

（私は給食が好きだ。給食のために学校に来ていると言っても、過言ではない）

そこには、笑顔が絶えない中学生・神野ゴウの姿がある。教室に背中を向け、チョークを使って黒板に自分の名前を書いていた。

（かつてそんな私と同じ人種の男がいた……そしてそいつは今、目の前にいる）

甘利田がそう思ったところで、神野が振り返る。瞬間、甘利田の表情は気難しそうな、それでいて平常運転のものに戻った。同時に、甘利田は「自己紹介だ」と神野を促す。

「常節中学校から転校してきました。神野ゴウです。よろしくお願いします」

ハッキリした声でそう言うと、誰からともなく拍手が起こった。それが落ち着くタイミングで「席は……」と甘利田が指示しようとしたところで、手が挙がる。

学級委員の、皆川佐和子だ。

「元常節中学って、甘利田先生が前にいた学校と同じだと思うんですけど」

「そうだが」

「先生は、神野くんのこと知っていたんですか？」

　素っ気なく答える甘利田に、皆川がさらに問う。答えないでいると、代わりに神野が口を開いた。

「甘利田先生は、一年のときの担任でした」

　それを聞いた途端、教室が「おおー」とどよめいた。こういった偶然はなかなかないので、特別な気分になるのも不思議ではない。

「トコ中からみんな逃げ出してるんですかー」

　すると、的場が笑って声を上げる。イジるようなふざけた感じが、教室でまた笑いを生んだ。

「常節中学はとてもいい学校でしたけど、母の仕事の都合で引っ越してきました。甘利田先生が担任になるなんてすごい偶然で驚いています。また楽しい学校生活が送れそうです」

　まだ喋りそうな神野に、甘利田は「もうその辺でいい」と遮った。

「席はそこだ。早く座れ」

　好意的な神野の言葉を、すげなく切り捨てる甘利田。生徒たちから不思議そうな視線を浴びる中、神野は「はい」と答えて席に移動する。

　神野の席は、窓際の前から三番目だ。カバンを机の横にかけ席に着く。

その様子が一瞬——常節中学時代の神野と重なった。今よりもう少し身体は小さいが、変わらず笑顔だった神野。

驚きと戸惑い、懐かしさから、これからのことを想像しそうになったところで——甘利田は意識を切り替え「では、ホームルームを始める」と生徒たちに向き直った。

「今日は二時間目を潰して歯科健診がある。お前たち、歯は磨いてきただろうな？」

甘利田が言うと、生徒たちは近くの席同士で曖昧に笑いあっている。

「磨き忘れた奴、挙手だ」

さらに言うと、最初はためらうように何人か手が挙がり、つられるようにさらに挙手が増える。最終的には、それなりの人数が手を挙げていた。

仲間がそれなりにいて安心したのか、照れ笑いを浮かべている生徒たちだが。

「——笑うな！」

生ぬるい空気感を、甘利田の一喝がぶち壊した。

「お前ら……歯をナメるなよ。人間は物を食べなければ死ぬ。物を食べるファーストコンタクトは歯だ。歯を軽んじる奴の一生は短い」

低い声で威圧するような言い方に、生徒たちはゴクリと唾を飲み込む。直後、甘利田はチョークを握ると黒板に文字を書き殴った。

力強い文字で書かれたのは——「歯を没す」。

「なんて読むかわかるか」

生徒たちが迷ったりためらったりする中、俵みな子が「はをぼつす？」となんとなくという感じで読み上げた。

「しをぼっす、と読む。命が尽きるという意味だ。歯がなくなると、人は寿命を迎える」

甘利田の言葉に、間違った読みをした俵が挙手をして発言した。

「でも私のおじいちゃん入れ歯だけど、生きてます」

「いいか。二時間目の歯科健診をしっかり受けろ。まともな歯があってこその食事だ」

俵の発言を無視して、勢いの変わらぬまま甘利田は生徒たち全員に言い放つ。俵のツッコミより、甘利田の言葉のほうが効いているようで、生徒たちは力なく「はい」と返していた。

だがその中で、笑顔のまま甘利田を見ている生徒がいた——神野だ。

笑顔を浮かべる神野の歯が、キラリと光った——ように、甘利田には見えた。

まるで、甘利田が今話したことに同意を示すかのように。

ハッと我に返った甘利田は、慌てて教壇を降りると「二時間目の準備をしろ」と指示を出し、足早に教室を出た。

教室から急いで遠ざかりながら、甘利田は考える。

（私は今、戸惑っている。奴との戦いがまた始まるというのは——喜びと同時に驚くほど

のストレスも感じる）

一度として双方合意して争ったことなどなく、あくまで甘利田が一方的に戦いを挑んでいるだけなのだが――甘利田にとっては些末なことであった。

そんなことを思いながら、ふと甘利田は立ち止まり、教室を振り返った。

教室を出てくる直前に見た、神野の笑顔と、輝く歯を思い出す。

（キラリと歯を光らせやがって。勝ち誇ったつもりか）

一瞬、自分に同意したようにも感じていた甘利田だったが、元々神野に向けていた闘争心が再び牙を剝こうとしている。

（絶対に――負けられん）

その強い思いには、突然の再会による戸惑いだけではなく――素直に喜びを表したくない、照れのようなものが含まれているのだが、本人はそのことに気づいていなかった。

色々考えるうちに職員室まで戻り、勢いよく椅子を引いて座る。その勢いのまま引き出しから献立表を取り出した。

今日の日付のところにある、「筑前煮」の文字を見た瞬間、甘利田の眉間の皺が解けた。

（今日のメニューは、待ちに待った筑前煮。白ご飯でいただくというのが嬉しい。大抵のものにパンは合うと思っているが、さすがに筑前煮だけはご飯でいただきたい）

すでに脳裏に筑前煮と白ご飯が浮かび上がり、眉間だけでなく口元も緩んできた。

（私がこの献立にかける思いは並大抵ではない。なぜなら、メシマズの母親が週一で作るのがこの筑前煮なのだ。料理のセンスは煮物に出る。そのマズさたるや、すべての感情をなくすほどだ。たとえひょうきん族を見ていても一切笑えない）

普段気難しそうな顔をして、給食のときだけ笑顔を見せる甘利田だが、テレビを見て笑うこともあるらしい。もっとも、家で筑前煮が出たときは笑えないようだが。

（それが週一でめぐってくる。あの苦行を一気に浄化するために、本物の筑前煮をいただくのだ）

再び大好きな筑前煮の妄想が戻り、顔の筋肉が弛緩する甘利田。ニタニタとでも言うべき笑みが止まらない。

ここで、視線を感じた。

「……」

横を見ると、三年二組担任兼学年主任の宗方早苗が、じっと甘利田を見ていた。慌てて献立表を引き出しにしまう。

その一連の動きも、宗方は少し強張った表情で見続けていた。

「先生はいつも楽しそうですね」

「特にそんなことはないです」

「何がそんなに楽しいんですか」

いつもの気難しそうな表情に戻った甘利田は適当に誤魔化す。宗方の返事で、誤魔化しきれていないのは明白だったが。

強張った表情のままの宗方に、甘利田は何の気なしに問う。

「宗方先生は、楽しいことないんですか」

「職員室で笑うようなことはないです」

きっぱりと言い切る宗方。その目は責めるように細められていたが、甘利田は「そうですか」とだけ返した。

そのまま話は終わり、甘利田は一時間目の準備を始める。しばらくの間、宗方はそんな甘利田を観察するように眺めていた。


甘利田の去った、三年一組の教室。一時間目担当の教師が来るまでの間、神野の席を数人の生徒が囲んでいた。

話を切り出したのは、学級委員の皆川だった。

「ね、甘利田先生ってトコ中でどうだったの？」

曖昧な問いに、神野は「どうって言われても」と困ったように笑う。皆川の言葉を補足するように、俵が続けた。

「ずっとあんな怖い感じ？」

「怖くはないよ」

俵の言葉に、今度は即答する神野。すると、自分の席にいる的場達也が声を上げた。

「突然怒ったりするだろ。ワケわかんないじゃん」

「そういうところは昔からあったけど、でも僕は納得できるから」

神野が落ち着いた声音で返すと、俵と皆川は「納得だって」「大人っぽい」と感心するように笑った。

今度は、俵たちと一緒に神野を囲んでいた坂田信二が声をかける。

「神野くんは、勉強ができるの？　それとも運動が好き？」

「勉強は普通だよ。運動はあまり得意じゃない」

坂田はさらに「じゃあ何が得意なの？」と質問する。神野は考えるように少し黙った。どう答えるか興味津々なのか、皆神野の言葉をじっと待っている。

少しして、神野は答えた。

「食べること」

「え、大食いってこと？」

坂田が目を見開いた。年相応（としそうおう）に成長はしていても、大食いにしては細身な外見の神野を、坂田は不思議そうに眺める。

「食べることは、食べることだよ」

神野の回答に、皆ぽかんとした様子で固まっていたが、神野はそれ以上何も言わない。その間に、神野は黒板横に貼られた給食の献立表を見つめる。その目が、今日の日付の下の「筑前煮」を見つけた。

目を閉じた神野の頬が緩み、元々の笑みがさらに深くなるのだった。

一時間目の授業が終わり、二時間目——は潰れて、歯科健診。

黍名子中学の三年生は、机や椅子のない広い教室——多目的室に来ていた。生徒たちは一列に並び、その先頭の生徒は椅子に座って、三〇代前半くらいの女性——歯科医の瀬戸口（せとぐち）はるかが口内を診察していた。

多目的室の後方では、三学年担当である甘利田、宗方、真野が立って様子を見ている。

「……転校してきた、神野くんについてですが」

宗方が甘利田に小声で話しかけてきた。「はい」と返事をする甘利田。

「常節で先生が担任されていたんですね。さっき提出された書類をチェックしたら、書いてありました」

「はい」

「偶然ですか？」

「偶然以外ありますか？」

即答する甘利田に、宗方は「それにしても、変わった子ですね」と続ける。

「何かありましたか？」

「朝見かけたときから、ずっと笑ってます」

甘利田自身も、常節中学時代にずっと笑っている神野を注意したことがあった。再会したときからわかっていたが、その笑顔は健在だった。

「さっきの職員室での、甘利田先生みたいです」

同類扱いされても、甘利田は否定も肯定もしなかった。

「面談してみたいんですが、よろしいですか？」

予想外の申し出に、甘利田は思わず「面談？　神野とですか？」と怪訝そうに返す。

「ええ。先生がよろしければ」

「もちろん、なんの問題もありません」

「では、放課後にでも」

どういった意図があるのかわからないものの、拒否する理由もない。甘利田は特に気にせず再び歯科健診を見守ることにした。

しばらくして歯科健診が終わると、瀬戸口は教壇に立った。体育座りで教壇を見上げる生徒たちに、歯ブラシを持った瀬戸口が話しかける。

「皆さん、歯磨きは好きですか？　好きなひとー」

歯ブラシを持った手を挙げて尋ねるが、生徒たちはシーンと静まり返っている。

瀬戸口と生徒たちを交互に見ていた真野が、明るい声で「はーい」と手を挙げた。反応の悪い生徒たちの代わりに、盛り上げようとでもいうかのような動きだった。

「あら、好きなのは先生だけですか」

瀬戸口に言われ、真野は照れたように笑う。意図を汲んでもらえたからか、嬉しそうだ。

瀬戸口は再び生徒たちを見渡す。

「みんなの歯を見せてもらって、あんまり歯磨きが好きじゃないのかなと思いました。ちゃんと磨けてない子が多かったです。せっかく歯磨きをしても、磨き方が間違っていては意味がありません。皆さん、どうやって歯を磨いてますか？」

生徒たちは、無反応だ。先ほどの様子を見れば当然だが。

「それじゃあ……歯磨き好きな先生、前に出てきてくださいますか」

瀬戸口に指名された真野は、嬉しそうに「はい！」と元気よく答え、教壇まで足早に歩み寄る。持っていた歯ブラシを瀬戸口から渡され、受け取る真野。

「いつもどうやって磨いているか、やってみてくれますか？」

言われた真野は、軽く腕を上げると、歯ブラシを横向きに持って、大きな動きで歯をゴシゴシと磨く仕草をしてみせる。直後、瀬戸口は「はい、ストップ」と声を上げた。

「これはダメです。横にゴシゴシ磨くと、歯と歯の間に食べカスとかがかえって入り込んでしまいます。はい、戻ってください」

　真野は生徒たちに笑われながら、眉を下げ、肩を落として元の場所へ戻っていく。盛り上げついでに、良いところを見せたかったのかもしれない。

　そんな真野を気にした様子もなく、瀬戸口は続けた。

「いいですか。歯ブラシは横向きに動かすのではなく、手首を捻って、歯の根元から先端にローリングするように磨き上げてください。これで歯茎もマッサージされて、歯周病予防にもつながります」

　また別の歯ブラシを取り出すと、実際に腕を動かしてみせる瀬戸口。

　ちなみに、瀬戸口が指導しているのは、一九八六年時点で主流の磨き方だ。その後の研究で、小刻みに動かす磨き方が正しいとされた。真野が披露した磨き方も、豪快に横に動かすのではなく小刻みに少しずつ横に移動させていくのなら、却って良い磨き方となる。

　それはさておき。

「今日は先生が編み出した、良い方法を教えます」

　とっておきを教えるような笑顔の瀬戸口だが、生徒たちは相変わらずあまり興味がなさそうだった。それでも構わず続ける。

「歯をグループ分けすることで、磨き残しをなくすんです。奥歯グループ、前歯グループ、糸切り歯グループとかね。そうすると、『あ、このグループはまだ磨いてないな』と忘れにくくなります。わかりましたか」

瀬戸口の呼びかけに、生徒たちは素直に「はーい」と返事をした。

ずっと黙って話を聞いていた甘利田は、瀬戸口が言っていたことについて考える。

（なるほど……カテゴライズか。確かに無作為に勢いでやる歯磨きより、目的がハッキリする。何よりもミッションが明確で気持ちいい。しかし中学生にその気持ちよさを求めても、とは思うが……）

素直に感心した様子の甘利田の視界に、神野の姿が入る。難しい顔をして、腕組みをしている。

しばらく眺めていると、突然神野は目を見開いた。何かひらめいたのか、ノートを開いた。

（なんだ……こいつ、何を思いつきやがった？）

勢いよく鉛筆を走らせていた神野の手が、突然止まる。鉛筆を置いた神野は、おもむろに手を挙げた。

他の生徒から注目を浴びているうちに、瀬戸口も神野の挙手に気づいた。

「ん？　何か質問かな？」

声をかけられ、神野はその場に立った。

「あの、グループ分けに関してですが」

神野の言葉に、「はい」と相槌を打つ瀬戸口。

「糸切り歯グループというのは、糸切り歯と……あとどこが入るのでしょう」

言われた意味がわからないのか、なぜそんな質問をしてくるかわからないのか、瀬戸口はきょとんとしたまま答えない。

（そこは糸切り歯とその周辺でいいだろうが！）

代わりに、甘利田が内心で叫んだ。内心での叫びだったが、歯をギリギリと噛み締めながら神野を睨んでいるところを、宗方にはしっかり見られていた。

歯科健診が終わり、甘利田は一人廊下を歩いていた。足の向かった先は、配膳室だ。中から、醤油ベースの煮物の匂い――今日の給食のメニューである、筑前煮の匂いが漂ってきた。

思わず足が止まると同時に、甘利田は目を閉じる。給食を前にして、その匂いを堪能してうっとりしていた。

「何してるんですか？」

突然聞こえた覚えのある声に、甘利田は慌てて目を開けた。配膳室から、いつの間にか見覚えのある給食のおばさん――牧野文枝が姿を現す。

言葉とは裏腹に、甘利田が何をしていたかなどお見通しとでもいうように、ニヤニヤと訳知り顔で笑っていた。

「あ、いや、べつに」

ぎこちなく返す甘利田に、牧野はさらに続ける。

「今日は銀シャリよ。しかも、筑前煮」

「へえ、そうなんですか」

今知ったかのような反応もぎこちない。牧野はそんな甘利田の反応も気にせず続ける。

「先生好きでしょ、筑前煮」

「何を根拠に」

「先生、いつもこの時間になるとウキウキしてますけど、筑前煮の日はウッキウキになりますから」

笑顔でそのものズバリの指摘をされ、甘利田は思わず「……バカな」と悪態をついてしまう。牧野から顔をそらし、信じられないという顔で己自身を確認する。

そんな挙動も気にせず、牧野は「あ、そうだ」と突然何かを思い出したように言う。

「見間違えじゃないと思うんですけど」

「はい？」

「トコ中にいたあの子……給食好きの。似てる子を見かけたのよね」

それを聞いた瞬間、甘利田の表情が再び引き締まった。牧野が姿を見たということは、トコ中のあの子——神野は、すでに配膳室に来たということだ。

その事実が、神野との対戦が近いことを甘利田に意識させた。

「見間違いよね？」

「見間違いじゃないです」

甘利田が即答すると、牧野は「え？」と戸惑いの声を上げる。「失礼」と声をかけると、甘利田は再び廊下を歩き始めた。

「え、先生、どういうこと？」

不思議そうにしている牧野の声を背中に受け、甘利田は職員室に戻って行った。


給食の時間になった、三年一組。

すでに机の配置や、配膳も終了。校内放送で「黍名子中学校校歌」が流れている。いつも通り普通に歌う生徒たちと、ノリノリで拳を振りながら歌う甘利田。

今日転校初日の神野は、まだ校歌を覚えていない。皆が歌うのを聞きながら、笑顔で身体を揺らしていた。

校歌が終わり、前に出てきた日直の「手を合わせてください」というかけ声に合わせて、合掌。

「いたーだきます」

日直の声のあとに、声を合わせた「いたーだきます」が響き渡り――給食の時間が、始まった。

自席の甘利田は、さっそくメガネを外してトレイをじっと見つめる。

ゴボウ、レンコン、ニンジン、大根、タケノコ、コンニャク、椎茸、鶏肉（とりにく）が、しっかり煮込まれて薄茶色に染まった筑前煮は、ほかほかと湯気が立っている。その隣には、真っ白に輝く白飯。

（今日のメニューは、私にとって月に一度の命の洗濯、筑前煮。キラキラの白米とのコラボも楽しみだ）

別の器にはキャベツを中心にしたサラダが盛られ、その他にカットされたフルーツもトレイに載っている。

（マヨネーズであえたキャベツ中心の野菜サラダに、カットフルーツの夏みかん。そして）

トレイの端には、ふりかけの入った小さな袋と、いつもの瓶牛乳の姿がある。

（隠れた楽しみのふりかけ……今日は私が最も愛する「のりたま」だ。のりたまをいつどのタイミングで投入するかは、大きな課題だ）

楽しみにしていた給食を前に、甘利田は目を閉じ、精神統一する。気持ちの準備が整うと目を開け、箸箱を取り出した。

（今日も行こうぜ、輪島漆塗のマイ箸！）

黒光りする箸を箸箱から出すと、目元を緩め、慈しむように握り締めた。

まずは、サラダに箸を伸ばした。マヨネーズの黄色がかった白色をまとったキャベツをつまみ、口に放り込む。シャクシャクと良い音をさせて咀嚼する。

（食事の基本、まず繊維質。食物繊維が消化吸収を緩やかにしてくれて、血糖値の急上昇を抑えてくれる）

キャベツに隠れた脇役、ニンジンも口に入れ、むしゃむしゃ。

（キャベツとニンジンにマヨネーズというシンプルな一品。でもこれでいい。あの大ボスを迎え撃つまでに出会う雑魚キャラは、単純なものに限る）

次に、白飯を掬い、一口。丁寧に丁寧に咀嚼していく。

（よく炊けている。白米を噛み続けると一〇回辺りから独特の甘みがあらわれる。適正な米が適正な水分を吸って、ふっくらしつつも粒立っている。あの大ボスのカウンターパートとしての実力は申し分なしだ）

しっかり噛んで飲み込むと、筑前煮の入った器をトレイの中央に動かした。

まだ湯気の立つ筑前煮から立ち上る香りを、鼻から吸って楽しむ甘利田。

（一般的に、筑前煮は九州地方以外での呼称である）

筑前とは九州北部、西部の旧国名だ。その地域で好んで作られているから「筑前煮」と呼ばれているが、本場ではまた違った呼び方があった。

（学校給食が普及したことにより、全国的に広まった。本場九州では「がめ煮」と呼ばれる郷土料理だが、由来はいくつかある）

　香りを堪能しながら、好きすぎて調べてしまった筑前煮豆知識を脳内で再生する。

（材料の数が多いことから、博多の方言で寄せ集めるという意味の「がめくりこむ」が短くなって「がめ煮」となった説。秀吉の朝鮮出兵のときに博多に立ち寄り、当時「どぶがめ」と呼ばれていたスッポンと、その他の食材をごった煮にして作った「亀煮」を「がめ煮」と呼ぶようになった説など。現在ではスッポンではなく鶏肉を使うのがスタンダードで、正月や結婚式など、祝い事には欠かせない献立だ）

　大事な献立であることを改めて意識しつつ、甘利田は筑前煮に箸を伸ばした。

最初に口に運んだのは、穴が目立つレンコン。レンコン本来のシャキシャキした食感と、煮込まれたことで柔らかくなった、適度な歯ざわりを楽しみながら咀嚼していく。

　そのすぐあとに、白飯を掬って一口。筑前煮の複雑に絡んだ濃い味が、甘味ある白飯と共に食すことで、味わい深くなっていく。

　甘利田の顔の筋肉が完全に弛緩し、至福のひとときを堪能する表情になっていた。

（うまい。なんという、うまさ。甘さとしょっぱさと旨味の塊を、白米という受け皿で受け止める。このアンサンブルは不思議と私の心を整えてくれる。そう、この気持ちよさは

大人になって初めてわかる感覚だ）

しみじみしながらも、箸はどんどん進んでいく。

（この煮物が唯一無二なのは、レシピにある。筑前煮は先に具材をすべて炒めるのだ。鍋にだし汁、椎茸の戻し汁、酒、醤油、みりん、砂糖を入れて沸騰させ、そこに鶏肉を食べやすく切ったものを入れる。さらに沸騰させてから、一呼吸おいて火を止める）

甘利田の脳内で煮立った鍋に鶏肉が投入されると同時に、目の前にある筑前煮の鶏肉を一口食べる。

（それからすでに炒めた干し椎茸を戻したもの、コンニャク、ゴボウ、レンコン、ニンジン、大根、タケノコを入れる。野菜は硬い順に入れることで、火が通りやすくなる。具材に煮汁の色がついたら里イモを加え、汁けがなくなるまで煮詰めれば完成だ）

作り方を思い浮かべながら、頭に浮かんだ具材を口に運び、咀嚼していく甘利田。

（母親が週一で作るので覚えてしまった……しかしこの通りに作っているのに、なぜマズくなるのか。そこはもう、母親の持って生まれた才能というべきだろう）

徹底的に母親の料理をマズイと断じながらも、それ以上貶めないのは、甘利田なりの気遣いや優しさなのか。本人はそこまで考えていないだろうが。

ふと、甘利田の箸の動きが止まる。具材を眺め、箸でつついて奥まで確認する。まだ食べ始めなので、具材は充分ある。

（そうか、待てよ……寄せ集めてはいるが、具材一つ一つには個性がある。大人のたしなみとして、これらをカテゴライズして食べるのも一興なのではないだろうか……）

歯科医・瀬戸口の歯の磨き方についての話を思い出した甘利田は、決して大きくはない器の中で同じ具材同士を分けて集め始めた。

鶏肉エリア、ゴボウエリア、レンコンエリア、コンニャクエリア——など、キレイに分けていく。その作業が楽しくなってきた甘利田は、嬉しそうに箸を動かしていた。

（なんと気持ちのいい。カオスから解放されて、具材たちが整列している。まるで、一気におかずが増えたような多幸感……ふふふ、楽しい。楽しいぞ）

きっちり整理し終わった筑前煮を見て、満足そうな甘利田。

常節中学時代、神野に給食バトルを挑む前は、こういった食べ方をしなかった。だが甘利田は、「大人のたしなみ」と銘打って、食べ方に工夫を施す行動に出た。歯科健診でのインスピレーションと、神野という存在が甘利田にこの行動を促したのかもしれない。

瓶牛乳のフタを開けて、一口。そのままサラダ、カットフルーツも食べきった。

このあとの筑前煮を、しっかり堪能するために。

（……では、いざ！）

勢いよく箸を動かし、分けられた筑前煮を食べ始める。エリアごとに分けられたボスたち——筑前煮の具材を攻略していく。エリア移動の際は必ず白飯を挟むのを忘れない。

筑前煮と白飯のローテーションを守りながら、食べ進めていく。

（まるで具材の球を、白米の壁に壁打ちしている感覚……この食べ方は発明だ！）

給食のメニューを敵キャラに当てはめていたのが、いつの間にか壁打ちに変化していた。

食べ方の方針が変わると、食べている感覚も変わるらしい。

食べる勢いが、さらに加速していく――その様子を、今日も廊下から宗方が凝視していたが、相変わらず甘利田は気づいていない。

気づかないまま――トレイの中は、すべて空になった。

（今日も無事……仕上がった）

黒光りする箸を置き、椅子の背もたれに倒れ、甘利田は目を閉じた。

（……ごちそうさまでした）

いつもなら、またふとした瞬間に物足りなさを感じるのだが――甘利田は突然何かを思い出し、目を開けてメガネをかけた。

偶然にも、黍名子中学に転校してきた、甘利田のライバル――神野ゴウを見つめる。

ちょうど神野は、白飯に筑前煮の煮汁をかけているところだった。先割れスプーンで具材を押さえ、煮汁だけ白飯にかけているのだ。

（あいつ、何をしている？）

その後、具材のみになった筑前煮に、先割れスプーンを突き刺した。いや、突き刺すというよりは、先端で粗く刻んでいるようだ。細かくなった筑前煮を、煮汁が入り茶色くなったご飯に投入。

（まさか、こいつ……）

具材とご飯を混ぜ合わせていく神野の姿を見て、甘利田はある可能性に気づいた。

（炊き込みご飯風にしようとしているというのか！）

丁寧に丁寧に、煮汁と具材が全体に馴染むように混ぜ合わせていく。しっかり混ぜ合わさったのを確認すると、神野は筑前煮の混ぜご飯を甘利田に向けて掲げた。

自慢げな神野の笑顔から、甘利田は瞬時に目をそらす。だが結局、甘利田の視線は神野に向いた。

そのときには、神野は筑前煮の混ぜご飯をガツガツ食べ始めていた。勢いよく食べていく神野の様子に、甘利田は目を奪われる。

（なんだそれ……激しくうまそげじゃないか！　筑前煮という群雄割拠の具材祭りを、すべて束ねることで、屈服させるような食い方……！）

甘利田の耳から教室の喧騒は消え――代わりに、合戦において戦意高揚のために用いられたという、ほら貝の音が響く。

甘利田も、途中までは「敵を倒す」という意味では似た気持ちで給食に挑んでいたが、最後は楽しい壁打ちに落ち着いた。

（私はあえて具材を色分けして、グループごとに食べていく方法をとった。そうすることで、おかずが増えた気がした。発明だとすら思った。しかし……）

喜びの笑顔で筑前煮の混ぜご飯を食べる神野の様子が、甘利田には神々しくさえ見えていた。

（筑前煮の筑前煮たるポリシーは、ごった煮のダイナミズムだということを私は忘れていたのか……そしてちまちま種類ごとに食べるのが大人の所作だのと嘯き、筑前煮の良さをむしろ消していた……）

常節中学を離れて二年。甘利田は神野のいない給食の時間を過ごしてきた。物足りなさを感じながらも、ただ素直に給食を楽しみ、愛した。

だが神野との再会が、甘利田の闘争心を再燃させた。「神野に勝つための、自分なりの食べ方」を意識しすぎたことで、「筑前煮の良さ」を潰す結果につながってしまった。

甘利田が久しぶりの敗北感に打ちひしがれていると、神野は突然食べるのをやめた。思わず甘利田は首を傾げる。

そんな神野がおもむろに取り出したのは――のりたまのふりかけ。袋を破り、筑前煮の混ぜご飯にかけた。

（のりたまを！　忘れている！）

自分のトレイの端に放置されたのりたまの存在を、甘利田は今このときようやく思い出した。

　のりたまを振りかけた筑前煮の混ぜご飯を、神野はさらなる勢いで食べていき――一気に完食した。

　その姿を見て、甘利田は自分のデスクにうなだれる。

（負けた……また、このストレスが始まってしまった……）

　言い知れぬ絶望感の中、神野は手を合わせて「ごちそうさま」と満足そうに呟く。

　打ちひしがれる甘利田と、満足そうな神野――二人の姿を、宗方はすべて見ていた。


　給食が終わり、昼休み、そして午後の授業も終了した――放課後。校庭には、元気にボールを追って走り回る生徒たちの姿がある。

　宗方は、甘利田に許可を取った通り、神野と面談をするため呼び出した。個人面談室で机を挟み、向き合うように座る。

「神野くんは……一年生のとき、常節中学で甘利田先生のクラスだったのよね」

　資料を見ながらたずねる宗方に、神野は「はい」と答える。

「クラスの雰囲気はどうだった？」

「とてもいいクラスでした」

「先生は？　厳しくなかった？」

「厳しいところもありましたけど、誰も文句はなかったと思います」

迷いなく言い切る神野に対し、宗方は質問の仕方を変えることにした。

「甘利田先生は……少し変わったところがあるみたいね？」

「どうでしょうか。よくわかりません」

神野の反応に、宗方は少し戸惑いながら考える。毎朝の校門での様子や、言葉の端々に厳しさがにじみ出る甘利田を思えば、神野の反応は意外過ぎた。

回りくどく聞いてもわからない。なら本題に入るしかなかった。

「トコ中では、何か事件があったようなんだけど。知らない？」

「さあ。僕は知りません」

明るく、とてもいい笑顔でキッパリ言い切る神野。少しも笑顔を崩さない神野を見て、宗方は自分が知りたいことは聞き出せないと悟った。

「……はい。わかりました。それにしても、神野くんはいつもそうやって笑っているの？」

「いえ、いつもではありません」

これもまた意外に感じ、宗方は「そう」と返す。

「嬉しいことがあるとき、人は笑うんだと思います」

「嬉しいこと、何かあったの？」

「色々ありましたけど、あえて言えば……」

少し考える素振りを見せる神野に、宗方は不思議そうにしながら続きを待つ。

「この学校も、給食前に校歌を歌うのが、とても嬉しかったです」

予想もしない言葉に、宗方は「……なんでそれが嬉しいの？」とついたずねる。

「前の学校もそうだったんで」

「うちは……以前は歌ってなかったのよ」

「そうなんですか」

「甘利田先生が、赴任そうそうに提案して決定したの」

――給食は、学校にとって一日で一番のイベントだから、校歌斉唱は絶対やるべきだ。

職員会議で甘利田がそう主張すると、積極的に反対する先生がいないこともあり、なし崩し的に決まったのだった。

そのことを神野に説明していると、宗方はさらに思い出したように付け加えた。

「……確か、前の学校でも給食前に校歌を歌うように提案したって言ってたわね。とてもいい習慣になったって」

宗方からすれば、赴任していきなりの提案に戸惑った記憶しかない。

「そうだったんですか」

だが話を聞いた神野の笑みが、また少し深くなったように宗方は感じた。

「給食前に校歌を歌うのが、好きなの？」

神野は「はい」と即答すると、そのまま続けた。

「あの、校歌の吹き込まれたカセットテープとか、借りられませんか」

「え、ああ……音楽室にあると思うけど」

「早く覚えて、歌いたいんで」

いい笑顔のまま言う神野に、「そこまでするのか」と、宗方は戸惑いの眼差しを向けるのだった。


放課後、学校を出た甘利田は――駄菓子屋近くの電柱の陰で、またもや道草を食っている生徒たちの動向をうかがっていた。

そして生徒たちが、駄菓子屋を離れ帰っていくのを見計らって、甘利田は電柱の陰から姿を現し、駄菓子屋へ入って行った。

甘利田は入ってすぐ、店番をしているお春の前で足を止める。

（今日、奴に負けたときに思った。帰りに糸引き飴を引こう、と。今の私の「引き」を確認したい）

レジの横には、三つの透明な容器が置かれている。その中の一つ、赤いフタがされた器の中には、三角錐のピンク色の飴や楕円形のオレンジ色や黄色、青色の飴が入っており、すべての飴から糸が伸びていた。糸は束になっており、よく見ても、どの糸がどの飴につながっているのかはわからない。これが、糸引き飴だ。

お春に一言声をかけて一〇円玉を渡すと、赤いフタを開ける。

(糸引き飴は、まとまった糸の中から一本を選んで引き、そこにつながった飴がもらえる。糸の先にある飴は、大きさから色、味もさまざまで、どの飴がもらえるかは完全に運次第)

中腰になり、束ねられた糸をじっと見据えて慎重に選ぶ甘利田と、その様子を必要以上に顔を近づけて観察しているお春。

(ババアの顔がやたら近いが、絶対この……どでかい「引き」を当ててやる)

器の中でも、大きなオレンジ色の飴に狙いを定め、おもむろに一本の糸を軽く引く。

すると、ピンク色の三角錐の飴——イチゴ飴がピクリと動いた。

(まさか……!)

もう一度少しだけ引くと、やはりイチゴ飴が動いた。狙いと違う飴につながる糸を選んでいることを悟り、甘利田はすかさず違う糸に変えようとするが——お春が甘利田の腕を素早くつかんだ。そのままお春は甘利田が持っていたイチゴ飴の糸を凄まじい速度で引き抜いて、甘利田の目の前に突きつける。

「……」

「……」

有無を言わさぬ表情のお春と、眉間に皺を寄せ不満そうな甘利田の視線が交わる。仕方なく、甘利田は渡されたイチゴ飴を受け取った。

ちょうどそのとき、甘利田は店の外に神野の姿を見た。素早く駄菓子屋を出て、再び電柱の陰に隠れた。

覗き見ていると、神野はお春と何やら話している。一〇円玉を渡し、糸引き飴にチャレンジするようだ。

（……奴も糸引き飴、だと）

偶然に目を見開きつつも、神野の「引き」が気になった甘利田は、固唾をのんで見守る。

しかしふと気づくと、以前駄菓子屋に来たときにもいた野良犬が座って、甘利田がぶら下げているイチゴ飴をじっと見ていた。しっぽを振り、狙いを定めているのがわかる。

「……」

犬と目が合うと、ぶら下げていたイチゴ飴を野良犬から隠した——その瞬間、拍手の音が聞こえた。駄菓子屋に視線を戻すと、お春が神野に向けて手を叩いている。

神野が引き当てたのは、甘利田が狙っていたオレンジ色の大きな飴だった。

甘利田が呆然とその姿を眺めていると、神野は早速大きな飴を頬張り、店を出てきた。

（私は給食と駄菓子が好きな中学教師。そしてそのどちらとも今日、一人の生徒に完敗した）

後ろ姿が小さくなっても、甘利田は神野の姿を見つめ続ける。

(かつて、奴とは同志として分かり合えたと思ったときもあった)

甘利田の脳裏に蘇る、大きく豪華な飴を頬張る神野。甘利田の手には、自分で選んだ小さな飴。

(……しかし、違った。奴とはやはり、対決せざるを得ない運命なのだ)

圧倒的な差を見せつけられ、かつて同志として分かり合ったときに弱まったと思っていた闘争心が、再び強く燃え上がるのを——甘利田は感じていた。

(ならば、その運命を全うしようではないか)

覚悟を決めるように、イチゴ飴を口に入れる。もらえる可能性がなくなったからか、野良犬が悲しそうに「くーん」と鳴く。

(奴との戦いは、まだまだ続く)

決意と共に強く踏み出した甘利田は、神野とは反対方向へ去っていくのだった。

メニュー三

ナウでヤングなアメリカン

黍名子中学校、朝の校門前。いつものように、教師が立って生徒たちの登校を見守っている。この日立っている教師は、甘利田と真野だった。

今日の甘利田は指示棒を持っており、服装の乱れを見つけるとすかさず乱れている箇所を指し示し「シャツ」「ボタン」「スカートの丈」など、厳しく端的に指摘していた。

(私は給食が好きだ。給食のために学校に来ていると言っても過言ではない。だがそんなことは、生徒たちに悟られてはならない)

甘利田は、自分を戒めるようにそう思う間も、生徒の服装の乱れを指摘していく。

(今、こうして厳しく接している教師としての威厳と、辻褄(つじつま)が合わないからだ)

本人も多少は気にしていたらしい。一方、真野のほうは。

「真野先生、おはようございます!」

「おはよう! 元気いいな!」

元気に挨拶してくる生徒たちと、笑顔でハイタッチを交わしていた。以前甘利田から「学校は仲良しクラブではない」と指摘を受けていたが、改める様子はない。

そんな真野と生徒たちの姿が、甘利田の目に映った。

(あんな風にできたら、こんな苦労はないのだろうか……)

そんなことを思った甘利田の脳裏に、ある映像が浮かんだ。

現在と同じ、朝の校門前。いつもは眉間に皺を寄せた険しい顔の甘利田が——キラキラ輝く笑顔で生徒を出迎える。飛び込んでくるように校門にやってくる生徒たちと、そんな笑顔のままハイタッチを交わす。生徒たちが次々とやってきては、同じように返し、戯れて——

そこまで思って、甘利田は我に返った。首を振って妄想を追い払う。

（——バカな、ありえん。むしろ苦痛でしかない）

いつも以上に険しく、憎悪をも入り混じった恐ろしい形相で、甘利田は真野を睨みつけた。強く鋭い視線に気づいた真野は、ビクついて姿勢を正す。挨拶も、ぎこちない笑顔で言葉を返すだけになった。

それを見届けて、甘利田は再び校門前の道に視線を戻した。

するとちょうどそこに、神野が笑顔で歩み寄ってくる。

「先生、おはようございます」

甘利田が「おはよう」と淡泊に答えると、神野はそのまま通り過ぎていく。その姿を、甘利田は横目で追っていた。

（いつも笑顔の神野ゴウ。私はこの生徒が、苦手だ）

そう思うと同時に、朝の校庭にチャイムが鳴り響いた。

朝のホームルームの三年一組。甘利田は自席で、あくびを噛み殺していた。教師は生徒よりも早く学校に来なければならないので、早起きだ。校門での服装チェックを終えたばかりのこの時間が一番眠い。

今朝のホームルームは、学級委員の皆川が進行していた。

「今日は、月に一度のくじ引きの日です。左の列から順番に、前に引きに来てください。一人一枚です」

全体に向けて話していると、突然ひとりの生徒が挙手した。丸顔で大柄な男子生徒、松山大吾だった。

「はい、松山くん」

「いつも当たり券が少なすぎると思います。三年になって、一度もおかわり券が当たってません。増やしてほしいです」

同じように思っている生徒が多いのか、松山の意見に同調するように「そうだそうだ」と声を上げる。主に男子が多いようだ。

「静かにしてください。当たり券はひと月に一〇枚って決まってるんです」

皆川がそう説明すると、今度は挙手もなしに坂田が真剣な声を上げる。

「僕の記憶が確かなら、皆川さんは三年になって三回当たってます」

坂田の言葉に「それは……仕方ないっていうか」としどろもどろに返す皆川。男子たちは納得がいかないようで「不公平だ！」という声も上がる。

「先月当たった人は、翌月くじを引けないとか、確率を上げたらどうですか？」

次は女子の俵からの意見が出る。男子ほどおかわり券に興味があるわけではなく、単に思いついたことを口にしているようだ。

どうしたらいいかわからないのか、自分のおかわり券を増やしにくくなるのが嫌(いや)なのか、皆川は「先生……」と甘利田に助けを求める。

「……」

しかし甘利田は、寝ていた。当然呼びかけへの応答はない。

皆川が困ったまま固まっていると――神野が手を挙げ、そのまま発言する。

「すみません、教えてください。おかわり券とはなんですか？」

神野の声で甘利田が目を覚ました。だが話に入ろうとはせず、話の流れを見守る。

「トコ中はおかわり券なかったのかよ？」

問いに答えたのは、的場だった。意外そうな顔をしている的場に、神野は「ありませんでした」と返す。

「月に一回くじ引きで、優先で給食のおかわりをできる券が当たるの。その学期内で使わないと無効になるんだけど」

「複数の人がおかわり券を使いたくても、余りが少なかったらどうなるんですか？」

「そのときはジャンケンになります」

「負けた人のおかわり券も没収されるんですか」

「負けた人の分は返してもらえます」

「おかわり券は、献立にあるものなら何でもおかわりＯＫですか？」

矢継ぎ早に質問していく神野に、ついに皆川が詰まる。「それは……」と答えにくそうにしているところに——甘利田が急に立ち上がった。

多少騒がしかった教室が、しんと静まり返る。

「常識の範囲(はんい)内ならＯＫだ」

「常識の範囲内とは、何ですか？」

「さあな。自分の胸に聞いてみろ」

「はい、わかりました」

明確なようで曖昧に思える答えを返す甘利田に、神野は納得した様子で席に着く。他の生徒たちからすれば謎(なぞ)のやり取りにしか見えないためか、皆眉をひそめていた。

再び静かになった教室に、皆川は我に返る。

「あ……じゃあ、皆さんくじ引きを始めますんで、前に出てきてください」

皆川の言葉を合図に、生徒たちは廊下側の列からゾロゾロと教壇にあるくじ箱の前に並んでいく。その列に、神野も並んだ。

（おかわり券制度に対して、これまでなんの印象も持っていなかった）

今までは、ただ自分の中でおいしいと思う給食の食べ方をしていればよかった。自分に分けられたものだけで、充分満足できていたのだ。

（だが……こうなってくると、強く思う）

神野の様子をじっと見つめていた甘利田は、ふと神野と目が合う。それと同時に――神野は微笑みを浮かべた。

笑顔でいることの多い神野だが――この笑顔から、甘利田は「勝ち誇っている」気配を感じてしまう。

（――生徒ばっかり、ズルいではないか！）

羨ましく思う気持ちを押し殺すように、甘利田は席を立ち――教室から出て行く。

（考えてみれば、奴にとっておかわり券制度はかなりのアドバンテージだ。まさに渡りに船、地獄に仏。ただでさえゼロからイチを作り出す奴なのに、さらなる武器を与えることになる）

廊下を進んでいた甘利田の足がピタリと止まり、まだ騒がしい教室を振り返る。

（当たらないことを、切に祈る）

その反面、甘利田の脳裏には先日の糸引き飴の光景が浮かんでいた。「引き」を持っているという印象を振り払うように、今度は振り返ることなく廊下を進んでいった。

（気を取り直して……今日の献立確認）

職員室に戻ってきた甘利田は、自分のデスクで献立表を見つめていた。自然と頬が緩み、笑みが浮かぶ。

（今日はすごい日だ。最初献立表が配られたとき、我が目を疑った。今日のメニューは、ジャンバラヤにアメリカンドッグ、さらにコーンスープにコーヒーゼリー。なんというアメリカンな詰め合わせ。このラインナップは、アメリカンスピリッツそのものだ。すげぇぜ給食センター）

抑えきれない興奮がさらに甘利田の笑みを深くしていく中で――またもや、甘利田をじっと見ている宗方と目が合った。慌てて献立表の入ったハードケースを腕で隠す。

「甘利田先生は、献立表が気になるんですね」

呆れたような宗方の声に、甘利田は「はっ、何を言っているんです」と先ほどとは違う、乾いた笑いで返す。もちろん、それで誤魔化される宗方ではない。

「今日も献立にぞっこんじゃないですか」

「まさか」

「まさか……と思って見てましたが、もしかして先生は給食が――」

宗方が最後まで言い切る前に、「給食と言えば！」と甘利田が遮った。

「宗方先生は、学年主任でしたね」

わざとらしい話題の変更に、宗方は素っ気なく「そうですけど」と返す。

「では、給食のおかわり券についてどうお考えですか？」

「どう、とは？」

「毎月当たる子とまったく当たらない子で、不公平感が出ています」

「それはくじ引きですから、仕方ないと思いますけど」

「いっそやめたらどうですか？」

予想外の提案だったのか、宗方は戸惑うように眉間に皺を寄せる。

「生徒たちはみんな、楽しみにしてますよ」

「実際、今朝のホームルームで不満の声があがりましたし」

神野が質問するまで寝ていたはずの甘利田だが、ある程度は聞こえていたらしい。

「そのあと、みんなでワイワイくじ引き楽しんでましたよね。隣のクラスなので聞こえました けど」

事実を言った甘利田だったが、教室の様子を把握していた宗方には何の効果もなかった。

言葉を失う甘利田に、宗方は厳しい顔つきで「先生」と続ける。

「中学三年は、高校進学前の本当に大事な時期なんです。そんなときに給食とかおかわり券とか献立表とか、気にしてるポイントがおかしくないですか」

今まで観察していた結果を言い渡すように、きっぱりと言い切る宗方。甘利田が「勘違いです」と反論するが、取り合わない。

「勘ではありません。事実を言っています」

「またまた」

「またまたってなんですか」

あしらうように笑う甘利田を、宗方はムッとしたように見据える。

「私はただ、くじ引きはどうかと言っただけです」

あくまで、くじ引きについての話をしているだけだ。他のことは関係ない、とでも言いたげな甘利田。給食に関する指摘を認めようとしない甘利田に、宗方はムッとしたまま、だが軽い調子で続けた。

「本当は、先生もおかわり券のくじ引きしたいんじゃないんですか？」

明らかに、「そんなことあるわけない」とでも思っているような口ぶりの宗方をよそに、甘利田は——突然立ち上がった。

「何を言っているんです。よりによって！」

しかも、声を荒らげている。反応が予想外過ぎたのか、宗方は目を見開き「え、あ……すみません」と流されるように謝った。

「言っていいことと悪いことがある」

　いつもの厳しい感じではなく、とにかく立腹したとばかりに怒りを露(あらわ)にした甘利田は、ドスドスと大股(おおまた)で職員室を出て行った。

　その後ろ姿を、宗方は呆然と見送ることしかできない。

「……え、そんなに？」

　口にしておいて、宗方は自分が「そんなに怒るようなことか？」と思ったのか「そんなに怒るくらいくじが引きたかったのか？」と思ったのか、わからなかった。その、両方だったのかもしれない。


　その後——休憩(きゅうけい)時間中、甘利田は校庭の花壇まで来ていた。ジョウロで目の前の花に水をやりつつ、一歩右に移動する。それを何度か繰り返すと、鏡写しで同じ動きをしていた箕輪と並ぶ。麦わら帽子(ぼうし)をかぶったその下から手拭(てぬぐ)いを垂らしている。

「今日また来ますよ、例の教育委員会の海坊主(うみぼうず)」

　面倒くさそうに知らせる箕輪に、甘利田は「……ああ、そうですか」と返す。

「まったくしつこいですなあ」

「ヒマなんですかね」

　さらに甘利田が返すと、箕輪は少し楽しそうに「あ、悪口」と笑う。

「海坊主のほうが悪口でしょ」

　思わずツッコミを入れる甘利田。箕輪はさして気にした様子もなく、笑ったまま続ける。

「甘利田先生が気になってしょうがないんですな」

「いい迷惑です」

「そういう意味では、もう一人」

　キッパリと心情を述べる甘利田をどこか楽しんでいる様子で、箕輪は意味深に言葉を切る。「はい？」と甘利田は続く言葉を促した。

「宗方早苗学年主任ですが」

「彼女が何か」

「今日から給食の時間は、一組に入りたいって。さっき」

「二組はどうするんです？」

　想定外の展開に、困惑を隠せない甘利田。

「見てなくても黙々と食べる子たちだから大丈夫だって。むしろ一組が心配なんだそうで」

「……そうですか」

「まったく、甘利田先生はモテモテですな」

　甘利田としては面白くも何ともない状況なのだが、第三者である箕輪からすると違うらしい。終始楽しそうにしていた。

　そしてそんな二人を、少し離れたところから見ている視線があったが――そのことに、二人は気づく気配はなかった。


　校舎をつなぐ渡り廊下を歩いていた宗方は、花壇のほうをじっと見ているスーツ姿の男に気づいて足を止めた。

　名前までは思い出せないが、何者なのかに心当たりがあった。それもあって、宗方は一瞬ためらうも、結局すぐ近くまで歩み寄った。

　宗方が「あのー」と声をかけると、スーツ姿の男が振り返る。

「確か、教育委員会の……」

「鏑木です」

　スーツの男は、そう言って軽く会釈する。

「校長に御用でしょうか？」

「ええ、まあ」

「あ、でしたらご案内しますので、どうぞ」

「いや、ちょっとまだアポイントより早いんでね。こうして見てます」

　そう言うと、再び鏑木は花壇のほう――甘利田と箕輪を眺める。どこか執念のようなものを感じる視線に、宗方は思わず「見てる？」と言葉を繰り返してしまう。

　そこで初めてその行為が他人から見ると異様であることに気づいたのか、鏑木は「え、ああ」と言葉を濁して宗方に視線を戻した。

「失礼ですが」

「あ、申し遅れました。私、三年の学年主任をさせていただいています、宗方と申します」

「ほう、学年主任を。その若さで」

　感嘆する鏑木に、宗方は「あ、いえ」と返す。すぐ鏑木は続けた。

「三年、ということは……確か甘利田先生と同じですね」

「はい」

「主任なら、甘利田先生は宗方先生の部下ということになる」

　立場上はそういうことになるのだが、宗方自身にそのつもりはないようで、「部下なんてそんな」と否定する。だが鏑木は「いや、ちょうどよかった」と宗方の言葉を遮った。

「今、お時間ありませんか？」

「え、はい、大丈夫ですけど」

「少し、お話しさせてください」

「……はあ」

何やらおかしなことになった——宗方は無意識に、そんなことを思っていた。

一方、配膳室の前では、神野が中の様子をうかがっていた。他の給食のおばさんと話していた牧野が、神野の存在に気づいて歩み寄ってくる。

「あら、神野くん」

声をかけられ、神野はぺこりと頭を下げた。

「また一緒の学校で、おばさん嬉しいわ。本当に大きくなっちゃって」

牧野にとっても、神野とは二年ぶりの再会だ。身長が伸びた神野を感慨深そうに眺め、うなずく。

「給食のおかげです」

「いいこと言ってくれるわ」

嬉しそうに笑う牧野。神野は配膳室の中に視線を向けて続けた。

「今日はいつもと違う感じですね」

「あらさすが。気づいた？　今日はまるで洋食屋さんなのよ」

「そうなんですか」

「長いことやってるけど、こんなセット初めてよ。なんていうのかな……アメリカのレストランみたいな」

牧野の言葉を噛み締めるように、「アメリカのレストラン」と繰り返す神野。

「今日はアメリカ人みたいに、こう……豪快に食べてね」

アメリカといえば、国土も国民も、食べ物のサイズも大きい。その食べっぷりも大きく、豪快。そういったイメージから、牧野はそう言ったのだろう。

アメリカからのおいしいメニューが、日本の給食に。

日本人として、アメリカのメニューを、どうおいしく食べるか。アメリカの料理でも、あくまで日本の給食としてのメニューであって――

色々考えていた神野だったが、そこに突然、ポンッ！　と軽くもしっかりした音が聞こえた――気がした。リズミカルに打ち鳴らされるそれは、日本の古い楽器「鼓（つづみ）」の音だった。神野は楽器の名前そのものは知らなかったが、音には聞き覚えがあった。

古くから伝わる日本の楽器。

軽快でリズミカルな鼓の音が最高潮に達した瞬間――神野の脳裏に、何かがひらめいた。

いつも以上に、笑顔が輝く。

こうしてはいられない、とでも言いたげに神野は牧野にお辞儀（じぎ）だけすると、サササッと逃げるかのようにその場から立ち去った。

神野の後ろ姿を見て何かを察したらしい牧野は、ニヤニヤしながら見送るのだった。

宗方は、鏑木を応接室まで連れてくると、応接セットのソファに向かい合って座った。

「――率直に申し上げます。あの甘利田という教師を監視していただけませんか」

率直かつ穏やかではない鏑木からの依頼に、宗方は戸惑う。

「監視……ですか」

「というと大げさですが、彼は要注意人物でね。誰かが見ておく必要がある。私もたまにこうして様子を見に来ていますが……限界があります。あなたのような協力者がいてくれたら、心強い」

「あの……甘利田先生は、前の学校で一体何を……」

大したことではないように言っているが、実際にはかなり甘利田を意識している。宗方はますます甘利田が何をしたのかが気になってきた。

しかし鏑木は「大したことではないです」とキッパリ言った。そこを説明するつもりはない、という拒絶にも思える。

「ただ、私は彼を問題視しています」

どうしてここまで断言するのか、当然宗方にはわからない。だがその反面、ここまで言いたくなる気持ちも――少しだけ、わかってしまった。

「先生は、甘利田先生にどういう印象をお持ちですか」

気を取り直すように、鏑木は宗方にまっすぐ問う。すぐには答えられなかったが、結局宗方は思っていたことを口にする。

「……実は……私も……甘利田先生には、問題があるかと」

「そうですか。嬉しいな。理解者が増えた」

本心なのか建前なのか、鏑木のいかつい顔に笑みが浮かぶ。

「いえ……理解者というか」

「幸い宗方先生は学年主任だ。同学年の担任を管理するのは、そもそもの職責と言える」

受験を控えた、大事な時期である中学三年生の——学年主任。改めて、自分の立場を自覚した宗方は「……はい」と力なく答えた。

「何か彼に逸脱行為があったときは、すぐに私に連絡をください」

力ない返事にもかかわらず、鏑木は率先して宗方の手を取り、強い力で握りしめる。

「よろしくお願いしますよ」

笑顔での力強い言葉に、宗方は答えることができなかった。

思ったことを口にしただけであり、それが間違っているとは思わないのに——宗方の胸の奥には、小さな罪悪感が芽生えていた。

そんな気持ちを誤魔化すように、鏑木と会う約束をしていた箕輪を呼ぶため、宗方は立ち上がった。

先日と同じように、甘利田は校長室へ呼ばれた。相変わらず自分の存在を無視する鏑木が、箕輪と話す様子を不快な思いで眺めるだけの甘利田。大して中身のないことを話して、鏑木はすぐに立ち去った。

ただただ不愉快だっただけの甘利田は、職員室に戻ると献立表を見つめて呼吸を整える。

（さあ集中だ。アメリカーノが私を待っている！）

そんなことを思っていると——四時間目の終わるチャイムが鳴り響いた。

給食の時間となり、準備を始める三年一組。

今日はそこに、二組担任の宗方の姿もあった。箕輪から聞いていた通り、一組の給食に入ってきたようだ。共に給食を食べる関係で、生徒たちに机の配置について指示を出している。いつもと違う配置になっても、生徒たちは特に面倒くさがることもなく、嬉しそうにそわそわしていた。

宗方が給食の時間にやってくることをすでに知っているからか、甘利田も特に気にする様子はなかった。すでに受け取った給食のトレイを前に、ワクワクしている。

「……」

後方の席から宗方がしっかり見ていることにも、気づいていない。

配膳が終わり、ノリノリで校歌を歌う甘利田。先日、校歌が吹き込まれたテープの存在を宗方に確認していた神野も、すでに覚えて元気に歌っている。

甘利田が来てから始まった、給食前の校歌斉唱——宗方も、一組の生徒たちと共にきちんと歌う。

こうして、今日の給食の時間が始まった。


早速メガネを外した甘利田は、真剣な表情で、トレイの中身をじっと見つめる。

（今日のメニューは、ザ・アメリカ飯、ジャンバラヤ）

赤く染まったご飯に、同じ色に染まった鶏肉、スライスされたソーセージ、飴色の玉ねぎ、赤と黄色が鮮やかなパプリカ、角切りのセロリが入ったジャンバラヤが、湯気を立てていた。

（合わせる汁物はホカホカのコーンスープ。そして本日のダブル主演の一つ、究極のジャンクフード、アメリカンドッグ）

トウモロコシの黄色に牛乳の白が混ざったなめらかで優しい色合いのコーンスープは、甘い香りを漂わせる。隣の器には、黄金色にこんがり揚がりつつもふっくらしたアメリカンドッグが、串に刺さった状態でその存在を主張する。

（いつもの瓶牛乳に……嬉しい大人のデザート、コーヒーゼリー）

黒く輝くコーヒーゼリー、白くどっしり構える瓶牛乳。

普段あまり見ないメニュー一つ一つの統一感に、甘利田はすっかり見入っていた。

（給食のおばさんでさえ違和感を覚えるほどのアメリカン。今日のコンセプトは決まっている）

甘利田は目を閉じ、精神統一する。

（これは、給食センターからの挑戦状なのだ。戦後四〇年、我々日本人がいかに西洋に肩を並べたか。和が排除された献立にいかに馴染んだか。わかっている。私には自信がある。なぜなら、今日のメニューはすべて大好物だからだ）

心を整えてマイ箸箱を取り出し、スライドさせて中を開け――ようとした手が止まった。

（違う。言ってるそばからこれだ。習慣とは怖い。箸ではないのだよ、箸では）

箸箱を閉じ、トレイに置かれている先割れスプーンをつかんだ。

（今日はこれ一本。行こうぜ相棒）

目の前に持ち上げて心の中で声をかけると、早速先割れスプーンをジャンバラヤに差し入れ、掬い上げる。口に運ぶと同時に目を閉じ、ゆっくりと味わう。

唐辛子やコショウといった比較的なじみのある刺激だけでなく、複数のスパイシーな刺激が混ざり合い、日本食にはない複雑な香りを楽しませてくれる。適度な辛味は、食欲増進にもつながる。

（うまい。口いっぱいが大航海時代にタイムスリップだ）

満足そうに飲み込むと、コーンスープを啜る。スパイシーな香りの広がる口の中が、コーンスープの柔らかな甘みで中和されていく。刺激的な香りと優しい甘みが、飽きさせない。

（ジャンバラヤは、ルイジアナ州で労働者から庶民の味として愛される料理だ。一度に大量に作りやすいことから、バーベキューと共に屋外で楽しむ料理としても親しまれた）

またも給食が好きすぎて得た知識を振り返りつつ、甘利田はジャンバラヤのソーセージ単体を拾い上げ、口に入れる。

（材料は、米と野菜と肉がメイン。燻製ソーセージ、鶏肉、玉ねぎ、パプリカ、セロリ。中でもこの燻製ソーセージが嬉しい。独特のスパイスと相まって、一生噛んでいても飽きない）

燻製ソーセージへの感動を噛み締めながら、ついに飲み込む。一生噛んでいられる味でもいつかは飲み込まなくてはならない。

（そして今日は、もう一つの隠れたソーセージとのコラボも楽しみだ）

甘利田の視線は、アメリカンドッグに向いていた。視線を向けながら、コーンスープで再び口の中を中和させる。

（では、もう一方の主役登場だ）

串の部分をつまむと、アメリカンドッグに豪快に食らいつく。口いっぱいの状態で、今噛みついたアメリカンドッグの切り口を見つめる。

（この幸福な断面を見よ……甘い衣をまとったソーセージ。すべてが合理的に計算され尽くしたアメリカンドリーム。カロリーなんて気にしない。うまけりゃなんでも合わせるぜ）

　その目が、うっとりしていく。

（串にソーセージを刺し、小麦粉や牛乳、卵などを混ぜて作った衣をつけて揚げる、まさにアメリカ生まれのジャンクフード。手軽に小腹を満たしてくれる心強い味方……我々日本人は、この味を愛している。高速道路のサービスエリアや遊園地などの売店、縁日や祭りの屋台など、さまざまな行楽のお供として売られている）

　片手でアメリカンドッグを食らい、もう片手に持つコーンスープを飲む。交互に楽しみながら、食べ進めていく。

（そもそもアメリカでは、アメリカンドッグとしては売られていない。小麦粉ではなく「トウモロコシの粉」を使って生地を作るため、「コーンドッグ」と呼ばれている。アメリカンドッグというのは和製英語だ。海外では通じない。だが私はこの食べ物に、アメリカンドッグ以上にしっくりくる言葉はないと思っている。そのくらいこの食べ物はアメーリカ、だ。いやもうむしろそれを通り越して、ナメーリカだ）

　食べているうちにどんどんテンションが上がっていき、マメ知識から謎の言葉を発するまでになっている甘利田。「日本」と「アメリカ」で「ナメーリカ」……と思われたが、本人はそこまで考えていないのかもしれない。

アメリカンドッグを半分くらい食べたところで、一度両手を空ける。気分を落ち着かせるためか、瓶牛乳のフタを開けてぐいっと一口。

（では……いざ！）

気を取り直した甘利田は、ジャンバラヤを勢いよくかき込んだ。口いっぱいのジャンバラヤをしっかり噛んでは飲み込み、今度はアメリカンドッグに齧りつく。勢いに任せて噛み砕き、コーンスープで流し込む。とにかく勢い、豪快さ、ワイルドさを追求した動きで食べていく。

（ここはアメリカのルイジアナ州、ニューオーリンズにたたずむ、深夜まで営業しているレストラン。客は港湾労働者や工場勤めの荒くれ者たち。とにかく食う。繊細な味など関係ない。彼らにとって大味ではない食は、食ではない。口の中を気持ちいい味で満たしてくれる固形物を山ほど入れる欲望。それこそがアメリカンスタイル）

目の前のアメリカンな給食に没頭する甘利田の動きは、さらに激しくなっていく。

生徒たちは誰一人見ていないが――後方の席で生徒たちと給食を食べていた宗方は、ぎょっとした表情で固まったまま、甘利田を見ていた。

（今、私は――海を越えた）

　宗方に見つめられながら、甘利田の妄想は日本を飛び出していた。

　ジャンバラヤとコーンスープの器は空になり、アメリカンドッグは串だけになる。一息ついた甘利田は、コーヒーゼリーに手を伸ばした。

　スプーンの上で黒光りするコーヒーゼリーを、ちゅるりと吸い込むようにして食べる。熱狂するように食べていた口内を、コーヒーの香ばしさと甘苦い味わいが冷やしてくれた。

（ああ、この甘いんだけどビターな感じ。深夜のレストランで荒くれ者たちが食との格闘を終え、すべてを鎮火させてくれる液体を流し込むときの、その感覚。嬉しいなめらかさだ）

　舌を滑る感触と味わいを楽しみ、あっという間にコーヒーゼリーもなくなった。

（今日も無事、仕上がった……）

　椅子の背もたれに身体を預けると満足感が広がり、甘利田は目を閉じる。

（……ビバ、ナメーリカ）

　幸福感に満たされて数秒後に目を開くと、甘利田はあることを思い出し、メガネをかけた。思い出したのは当然――神野のことだ。

　見ると、神野は箸を使って丁寧にジャンバラヤを食べていた。

「あいつ……箸だと⁉」

　しかもいつもよりピンと背筋が伸びており、姿勢が良い。

（なんのつもりだ。なんのためのアメリカンメニューだと思っている。そんな食べ方はむしろ失礼……ん？）

そこまで思ったところで、神野のトレイにすでにアメリカンドッグがないことに気づく。皿の上には、串だけが残っている。

（あいつ、アメリカンドッグから食べたのか。もう串だけになっているが……ふっ。子供っぽくてよろしい。確かにアメリカンドッグはちびっ子にとって大人気アイテム。誰もが遊園地や食堂で親にねだって買ってもらう。それ単品としてまずは食らいたい。いわばソフトクリームなどと同系列の食品だ。神野もその領域にまだいたか。さぞかし子供っぽく食らいついたんだろう）

視線を再びジャンバラヤに戻すと、甘利田は思わず「ん？」と首を傾げた。一瞬違和感の理由がわからなかったが——すぐに気づくことになる。

（なんだあれは！　ソーセージが二種類！）

燻製されているものとされていないものと、明らかに違うソーセージの存在に気づいたのだ。予感めいたものに引っ張られて見たコーンスープにも——何やら異物が。アメリカンドッグの皮を一口大にちぎったものが浮いていた。

（アメリカンドッグの皮を、クルトンにしたのか！）

二種のソーセージ入りジャンバラヤと、クルトン入りコーンスープ。この二つを、神野は順番に食べていく。

（あいつ、アメリカンドッグを分解して、二種類のメニューにドッキングしやがった。今日は、今日はアメリカンな日じゃないか。何をそんな創意工夫を施している。黙ってバンバン食べるべきではないのか？）

先ほどの自分を振り返り、動揺を隠せない甘利田。その間も、神野の給食を食べる動きは進んでいき――おもむろに何か取り出した。

フタのついた、透明な容器。甘利田には覚えがあった。

（シェイカー！　あいつまさか――）

すでに器の中で崩していたのか、ドロドロ状態のコーヒーゼリーを容器――シェイカーに投入し、さらに牛乳も流し込んだ。

（お前……またそれをやるのか。しかもそれ……マイシェイカーだろう！）

甘利田は常節中学時代、神野がプロテインを常飲している体育教師からシェイカーを借りていたことを覚えていた。あのときは借り物だったが、それ以来、マイシェイカーを導入したのかもしれない。

シェイカーのフタをすると、勢いよくシェイクしていく神野。

（もうそれはやめろと言っただろう！）

前回、給食後にシェイカーの使用を注意していた甘利田。表向きは学業に関係のないものを持ち込むことへの注意だが――本音では、羨ましくて仕方なかった。

シェイクし終えると、黒光りしていたコーヒーゼリーと牛乳の白が混ざり合い、まるでミルクコーヒーそのもののような液体ができあがっていた。

(なんだそれ……いい感じでシェイクされているじゃないか)

シェイカーに口をつけ、ゴクゴク喉に流し込んでいく神野。

(ツブツブアメリカンコーヒー牛乳……なんでそこだけ、妙にアメリカンなんだ!)

丁寧な所作だった先ほどと違い、豪快なシェイクの末にできあがったアメリカンコーヒー牛乳。甘利田の羨ましさが加速していく。

そして今度は――どこからともなく、ストローを取り出した。シェイカーに差して吸うと、溶け切っていないコーヒーゼリーの欠片が吸い上げられていく。

(なんだその飲み方! ゼリーのツブツブが吸い上げられて行って……なんか面白いではないか! いつか、いつか将来、そんな感じの飲み物が流行る気さえする!)

甘利田がここで思ったことは、コーヒーゼリー牛乳とはまた違う形で実現することになるのだが――一九八六年現在の甘利田に、そんなことは知る由もないのだった。

コーヒーゼリー牛乳をひと通り楽しむと、神野は再び他のものを食べ始めた。その所作はゆっくりで、丁寧だ。そんな様子を見た甘利田も、冷静さを取り戻していく。

(……奴はあえて、丁寧に美しく食べる方法を選んだんだ。洋食だからこそ、あえて和の

心で。そこには日本人の古き良き創意工夫の精神があった）

背筋の伸びた姿勢で、箸を使ってジャンバラヤ、コーンスープを食べていく神野。

（どんなものにも敬意を払って、自分ができる限りの努力をすることで、より一層高みにいける。それこそが和の心……）

箸の動かし方、咀嚼する口の動き、コーンスープの入った器を持つ所作――騒がしい教室の中で、神野のいる場所だけが静かにゆっくり、時間が進んでいるようだった。

その洗練された動きに目を奪われていると――甘利田の耳に、どこからともなく本来聞こえるはずのない音が聞こえた、気がした。

日本の古き良き文化である、雅楽。リズミカルに打たれる鼓の音に乗って、神野は箸を動かし続けているように見えた。

実際には、生徒たちで騒がしい教室のままなのだが――それでも甘利田の目には、そんな神野の姿が神々しく映っていた。

（それに比べて私は……日本人である誇りを捨て、どれだけ西洋に近づけたのか見せてやるとばかりに相手のフィールドで猿真似をしただけに過ぎない。いつもの自分が、好きなものを好きに楽しむ。給食道にとって、一番大事な部分を欠いてしまっていた……）

甘利田自身も、大切にしていることだった。だが人は、状況や立場が違えば、簡単にその大切なものを見失ってしまう。どんなメニューでも、変わらず自分を貫く神野に、そのことを思い知らされた。
甘利田が強い敗北感に苛(さいな)まれている間に、神野のトレイは空になっていた。手を合わせ、
「ごちそうさま……」と言いかけて、神野は言葉を止めた。何かに気づいたようだ。
その様子を不思議そうに見守る甘利田をよそに、神野はアメリカンドッグが刺さってい
た串を手に取った。まじまじとある部分を眺めている。
串の根本に、衣の欠片が残っていたのだ。カリカリに揚がった衣が、僅(わず)かにくっついて
いる部分。神野はそこに前歯を当ててこそぎ取り始めたのだ。
(カリカリ部分ー!)
わずかな欠片をしっかり食べきり、神野は改めて「ごちそうさま」と手を合わせた。甘
利田は反射的に、自分の串を見た。
甘利田の串にも、しっかりカリカリ部分は残っていた。
(そうだ、こういう部分が、本来日本人が好きなところなんだ。アメリカ人ならためらい
なく残す、衣のカリカリ部分。だが私は好きだ。この部分こそが、本体と言ってもいいほ
ど好きだ。そんなことも忘れていたなんて……)
周囲をうかがいながら、串を手に取ると、神野が笑顔で甘利田を見ていることに気づく。
「!」
思わず甘利田は、神野に背を向けた。そしてこっそり、隠すように持った串のカリカリ

部分をこそげ取る。

（また……また負けた……完全に……負けた……）

忘れていた自分の「好き」を思い出したことで、さらに強い敗北感にうなだれる甘利田。

そしてその一部始終を、何とも言えない複雑そうな表情で——宗方はずっと見ていたのだった。


チャイムが鳴り響き、給食後の昼休みが始まった。食後だろうがなんだろうが関係なく、元気な生徒たちは校庭で遊んでいる。

校庭の端の水道でシェイカーを洗っている神野を見つけた甘利田は、その背中に声をかけた。神野はすぐに振り返った。

「前にも言っただろう」

「そんなものを学校に持ち込むのは禁止だ。ストローもだ。ストローがつく日はストローが必要だという判断があってのことだ。生徒が自己判断で持参していいものではない」

先ほど敗北を喫した甘利田だが、しっかりと厳しい口調で注意する。神野は「はい」と返事はするものの、そのまま洗っている。

「でも、どうしてもやってみたかったんで」

反省も後悔もしていないようだった。いつも通りの笑顔なのも、その印象を強める。

「お前は思い込みが激しい。その自己中心的な性格を直しておかないと、将来自分が正しいと思うなら何をやっても構わないという、危険な思想を持ちかねん」

「僕はできる範囲で頑張(がんば)っているだけです。人に迷惑はかけません」

「ああ言えばこう言う。お前の悪いクセだ」

他の生徒たちに対するものと変わらない、厳しい口調と言葉。しかし神野は「はい」と平然と答えている。

これ以上言っても無駄なのは、甘利田も経験上知っている。それでも必要最低限のことは言ったと判断した甘利田は「……反省しろ」とだけ告げて立ち去ろうとした。

背を向けて歩き出したところで、神野が「先生」と呼び止める。

「なんだ」

「これ、当たりました」

そう言って神野が取り出したのは「給食おかわり券」だった。おかわり券には、ニセモノではない証(あかし)として、しっかり甘利田の名前のハンコが押されている。

「！」

「また給食の楽しみが増えました」

「……そうか」

そう短く返すと、甘利田は再び神野に背を向けた。悔しさに歯を食いしばりながら、甘利田は神野から離れていく。

　その背中を見つめる神野が、頭を下げて礼をしていたが——甘利田は気づくはずもなかった。


　放課後。いつも通り道草を食っている生徒たちが帰るのを待ってから、甘利田は駄菓子屋までやってきた。店の外にあるアイスの入った冷凍ケースの前で足を止める。

　店内にいるお春の無言の視線を受けながら、甘利田は冷凍ケースを覗き込むと、すぐに目当てのものを見つけた——駄菓子のチョコバットだ。

（今日はこれに決めていた。チョコバット。この店は暑さでチョコが溶けないように冷凍販売している。婆さん意外と分かっている）

　冷凍ケースを開けて、一本取り出す。透明なビニール袋に、黄金色のバットと黒地に赤いボールのイラストが描かれ、棒状のお菓子が見える。

（チョコとベースボール。まさにアメリカと向き合った一日の最後にふさわしい一品だ）

　赤と黒の文字が躍るチョコバットのパッケージを見つめる。

（パン生地を棒状に成形してチョコレートで塗り固め、バットに見立てた駄菓子。パッケージ裏側にホームラン、ヒット、アウトのどれかが印字されていて、アウトが外れくじ、ホームランなら一枚、ヒットなら四枚で、チョコバットがもう一本もらえる当たりくじと

なっている）

手に取ったチョコバットを持ってお春のところへ行き、硬貨を渡す。お春が受け取るとすぐに外に出てベンチに座り、くじがすぐ視界に入らないよう目を閉じてパッケージを開封した。すぐにパッケージの内側を覗き込み、くじの確認をする。

裏側には、「ヒット」の文字があった。それを確認すると、「ヒット」と書かれたパッケージをちぎってポケットに入れる。チョコバットの中身を半分まで出して、一気に食らいつこうとした――しかし途中でその動きを止めた。

先ほどの給食では、「好きなように食べる」のではなく「アメリカのメニューに合わせた食べ方」をしていた甘利田。神野のあえて「和」で攻めつつも、コーヒーゼリー牛乳は豪快に楽しむという自由な食べ方を、改めて思い出す。

甘利田は、吹っ切ったようにチョコだけを舐め始めた。

（チョコバットの塗料だけ拭い取る試み……こういうアホな食べ方が、実は私は昔から好きだったんだ……）

自分の好きな食べ方を実践し、甘利田の頬が嬉しそうに緩む。夢中で舐めていると。

「……」

「……」

レジにいたお春が外に出てきており、目が合った。ずっと甘利田を観察していたらしい。

「あんた……変態かい？」

今の自分の姿を客観的に想像した甘利田は、否定の言葉を返すことはできなかった。

「変態は、お断りだよ」

「私は、変態ではない」

そこまで言われて、ようやく甘利田は強く返すことができた。

「犬のほうが、よっぽど人間だ」

そう言ったお春の視線の先では、いつも駄菓子屋の近くで見かける野良犬が、軒先（のきさき）で干し芋（ほしいも）をもぐもぐ咀嚼していた。しっかり口は動かしながらも、じっと甘利田を見ている。

（なんだ……その勝ち誇ったような目は。せこい食い方をあざ笑うのか、犬のクセに。お前らなんて何も考えてないからそうやって……）

野良犬を睨みつけながら思っていると、不意にお春が「うまいかい、シンゲン」と野良犬に声をかけた。

「シンゲン？」

「こいつの名前。シンゲンイカが好物だから」

しっかりと咀嚼する様子をアピールするように見せつける野良犬――シンゲン。

一九八〇年代当時、犬にシンゲンイカを与えることの危険性は認知されていなかった。飼い主のいない野良犬が食べ物を欲しがれば、気まぐれでその場にあるものを食べさせるのは自然なことだった。

「人は、そんなに……簡単ではない」

シンゲンを見据えたまま、甘利田は真剣に、大真面目に、そう言い切った。その迷いない言葉に虚をつかれたのか、お春は何も言わない。

チョコを舐め取るだけだったチョコバットを一気に平らげ、甘利田は「ごちそうさま」と呟いてから店を出て、ずんずんと強い足取りで駄菓子屋から離れる。

（私は給食を愛する男。私は今日、給食道を見誤った）

今日の自分を振り返る中、シンゲンが軒先から道端まで歩いていく。背を向けた甘利田に、その姿は見えていないが。

（私が好きなものを、私が好きな食べ方で食べる。ただそれだけのことなんだ）

駄菓子屋から遠ざかる甘利田のあとを、シンゲンが追ってくる。

（そしてその上で――奴に勝つ）

ただ、それだけのこと――理屈や言葉では、理解できている。だがそれを体現する難しさを、このときの甘利田はまだ実感できていなかった。だからこそ強く誓い、「勝つ」という意識が必要だった。

誓いを新たにした瞬間、追いついてきたシンゲンが「クーン」と鳴いた。その声に、甘利田は振り返る。

（ついでに、シンゲンにも勝つ）

決して声には出していないが、甘利田はシンゲンをまっすぐ見てさらに決意を固める。

甘利田の早足のスピードが上がると、シンゲンはその場で腰を落とし、オスワリの姿勢に。

シンゲンが甘利田の背中を見送っていると――ふと、シャッター音が響いた。

シンゲンは特に気にしていないようだが、その後方――いつも甘利田が、道草を食う中学生たちがいなくなるのを待っている、あの電柱に人影があった。

「……」

宗方だ。その手にはポケットカメラがあり――甘利田の写真を撮影していた。

メニュー 四

クリーミー三兄弟とおたのしみ会

黍名子中学校三年一組の黒板に、白いチョークで「おたのしみ会」と書かれている。

今朝のホームルームは、この「おたのしみ会」で何をするかを決める時間となっていた。ドッジボール、カラオケ大会、ハンカチ落とし、クイズ大会、フルーツバスケット。それらの文字が書かれた黒板の前に学級委員の皆川が立っていて、教壇には箱が置いてある。

「皆さん、全員投票しましたね」

全体に向けて確認すると、皆川は箱――投票箱の穴から中に手を入れ「では、開票を始めたいと思います」と紙を取り出そうとした。するとそこで、俵が手を挙げた。

「ちょっと確認なんですけど」

どこなく不満そうな表情の俵に、「はい、なんですか」と皆川が聞く。

「これ、男子と女子、一緒にやらないとダメなんですか?」

俵の問いに、坂田が「そうじゃないと、意味ないよ」とすかさず答えた。

「おたのしみ会は、クラスの親睦を図るという意味もありますから、全員参加です」

坂田の言葉を補足するように皆川も続けた。

「でももしドッジボールになったら、女子は不利ですよね」

変わらず不満そうな俵に、今度は的場が「カラオケなら、男子不利じゃねえか」と口を挟む。

「歌の上手い男子だっているでしょ」

「まだ何になるかわかりませんから」

さらに食い下がる俵だったが、皆川はそう言うと「それでは、開票しまーす」と箱から投票用紙を出し、読み上げ始めた。

板書していた書記の生徒が、読み上げられるたびに候補の下に「正」の字を書いていく。

「……」

開票の様子を、甘利田は自分の席でじっと見つめていた。

（私は、フルーツバスケットが好きだ。そのネーミングがたまらない）

ふと目を閉じた甘利田の脳内に、イチゴ、バナナ、リンゴ、ミカン、モモ、ブドウなどの色とりどりの果物がてんこ盛りになっている大きなバスケットが現れた。

（よくお見舞いに持参される、贅の限りを尽くした、果物の狂乱……あの食い切れないほどのフルーツ盛り合わせ。これがもらえるなら、入院したいと思ったことすらある）

目を閉じたまま、うっとり妄想にふけっている甘利田だったが――その間に開票は終わった。

「……ということで、開票の結果、今日の五時間目のおたのしみ会は、フルーツバスケットをやることに決まりました」

その声と共に甘利田が目を開くと、黒板のフルーツバスケットの文字にちょうど印をつけているところだった。教室からはパラパラとまばらな拍手が起き、甘利田も満足そうにうなずいた——そんなときに、神野が挙手した。

「はい、神野くん」

「フルーツバスケットは、基本みんなにフルーツの役柄をあてがいますよね」

「そうですね」

「それって、中三には少し幼稚に思うんですが」

その神野の言葉を聞いた甘利田の眉間に、皺が寄る。

「でも、フルーツバスケットってそういうルールだから」

「なんでもバスケットにすればいいんです」

皆川に言われた神野は、笑顔でそう提案する。耳慣れない言葉だからか、怪訝そうな的場が「なんでもバスケットって何だよ」と軽く嚙みつくように問う。

「例えば、メガネをかけている人とか、身長一六〇センチ以上の人とか、該当者は席を立って空いている席に移動するっていうルールです」

「昨日風呂入らなかった人とか、朝起きて顔洗わなかった人とか」

神野が説明した内容が面白かったのか、笑ってたとえを引き継ぐ的場。男子には受けたようで笑い声が上がる。反面、皆川は少し難しい顔をしていた。

「嘘をついたら、成立しないわよね」

「そこは、正直に。そうしないと、盛り上がりません」

「なるほど……面白いかもしれませんね」

神野の言葉に説得力があったのか、皆川も納得してうなずいた。同時に、教室から同意とばかりに拍手が自然と起きる。

しかし——甘利田は忌々しそうに小さく舌打ちしていた。

(私はこの生徒が苦手だ。私の愛する給食を、常に違う角度から攻めてくる)

過去の給食でのことを思い出しながら、甘利田がこっそり神野を見る。

(こいつ——給食だけじゃなく、レクリエーションまでアレンジするのか)

そう思ったと同時に、神野が勝ち誇ったような笑みで甘利田のほうを見るのだった。


ホームルームが終わり、甘利田は早足で廊下を進む。

(私は給食が好きだ。給食のために学校に来ていると言っても過言ではない)

廊下を走らないよう注意する側なので、どんなに急いでも早足である。

(したがって、毎日の献立はすべて暗記している。今日のメニューはマカロニグラタン、食パン、コロッケ、フルーツサラダというラインナップ。フルーツサラダの日にフルーツバスケットとは。なんだかわからんが、謎のテンションが込み上げてくる)

廊下に誰もいないのをいいことに、甘利田はフフフと声に出して笑いながら職員室の自分のデスクに戻る。献立表を出して見つめると、再び頬が緩み、自然と笑みがこぼれた。

（ここのところ、給食センターの仕掛けが冴えまくっている。今日のテーマはズバリ、クリーミーだ）

今日の日付のところをしっかり見つめ、書かれている文字を確認する。

（マカロニグラタンというこの世に嫌いな奴が一人としていないクリーミーなメインディッシュ。そしてコロッケ。中身は超クリーミーに練り込まれたポテートォだ。フルーツサラダにかかっているのは、これまたクリーミーなヨーグルトソース。これでもかと畳みかけてくるクリーミー攻撃。もう今のうちから口の中がクリーミーになっている）

書かれている文字を読んでいるだけなのに、ワクワクし過ぎて揺り動かす身体の動きが大きくなっていき——ふと、甘利田はそのことに気づいて動きを止める。

慌てて隣の席を見るが——そのデスクの主である宗方の姿はなかった。

宗方がいないという事実にほっとする甘利田。どうやら、彼女は用事があってまだ席に戻っていないようだった。

その宗方は——校長室にいた。

「甘利田先生には、問題があると思います」

真剣に意見している宗方に対し、自分のデスクに座る箕輪は飄々とした様子で爪を切っている。

「朝の校門での身だしなみチェックも度を越しています。あれでは生徒たちが萎縮して、学校に来たくなくなってしまいます」

「そうですかね。みんな素直に従ってますが」

「従っているフリをしているだけだと思います。甘利田先生が怖いから、仕方なくです」

甘利田が怖いからその場では従っているが、おそらく甘利田のいないところでは緩んでいるに違いない。実際にそれを見たわけではないが、厳しくするだけで生徒が身だしなみを整えるようになるとは、宗方には思えなかった。

「他にも学校で決めたルールを勝手に覆そうとして……スタンドプレイが目立ちます。あと、三年なのに受験に関して何の指導も行っていません。計画性に欠けていると思います」

「だったら、受験の指導をするよう、宗方先生が甘利田先生に指導したらどうですか。学年主任なんだから」

「指導してます。ですが聞く耳を持ちません」

だからこうして言いに来てるんだ、とでも言いたげな刺々しい言い方の宗方。

「給食の時間に、一組に入ってるんですよね」

箕輪からの問いに「たまに入ってます」と答えた宗方は、なんと言っていいかわからないのか、難しい顔をして続けた。

「なんていうか、給食の時間は特に……異様というか」

「異様？」

「合理的に説明できる感じではないんですが……何かに取り憑かれているというか」

言葉に迷うように、言いづらそうにする宗方の言葉に、箕輪は吹き出した。

「取り憑かれてる？　甘利田先生が？」

自分でも変なことを言っている自覚があるのか、笑われたことには触れず「……ええ」と宗方は返す。

「なんですか、それ」

「いや、とにかく変なんです」

「それがスタンドプレイだと？」

「いえ……そこはそういうことではないんですけど」

「クラスが困惑しているとか？」

「それは、まったく……」

箕輪に言われ、そういえば給食のときのあの異様な甘利田の様子に、三年一組の生徒たちは特に驚いたり戸惑ったりしていなかったことを思い出した。

「だったら問題ないじゃないですか」

「そうなんですけど……甘利田先生を問題視している人もいますから」

「誰ですか？」

　箕輪がすかさずたずねるが、宗方は「えっと……」としか返せなかった。当然鏑木のことなのだが、それを校長に言うのは憚(はばか)られた。

　箕輪は特に気にならなかったのか、気にしても無駄だと思ったのか、さらに続けた。

「受験指導は、特別授業で宗方先生が入ることになっていますよね。だからあえて、手を出していないのではないですか？」

　確かに、誰か担当が別にいるなら、そこに口を挟む必要はないかもしれない。箕輪の言っていることは、間違ってはいない。

「少し、優しい目で見てあげたらどうですか」

　そう言う箕輪の声が、少し柔らかく、優しく響く――でもだからこそ。

「それは、ちょっと無理です」

　反発心を刺激されてしまい、宗方はぷいっと子供のように顔を背けて校長室を出て行く。

　そんな宗方を、箕輪は「やれやれ」と苦笑しながら見送ったのだった。

　三年一組の休み時間。神野は自分の席でノートに絵を描いていた。脇目もふらず集中して鉛筆を動かしている。

「いつも何描いてるの？」

そんな神野に、後ろから俵が声をかけた。ノートに目を向けたまま、神野は答える。

「今日の給食の絵」

「今日って、そんな献立なの？」

絵を見た俵は、怪訝そうだ。今までこんな給食なんて見たことがない、とでも言いたそうな表情だった。

「自分で色々考えてる」

実際、神野がノートに描いている絵は、いつも「その日の給食」そのままではないことが多い。その日の給食に、ひと手間加えることを前提に考えているのだろう。

そんなことは知らない俵は、「ふーん。なんかすごいね」ととりあえず褒める。

「そうかな」

「さっきのなんでもバスケットとか。神野くんはアイデアマンなんだね」

俵が朝のホームルームで話し合った「おたのしみ会」について口にすると、神野はハッとして顔を上げた。

「アイデアマン？」

「でも私はカラオケ大会が良かった。歌が好きだから」

俵にとっては、神野の反応より歌のほうが重大なようだ。
「音楽の授業の曲じゃなくて、普通にアン・ルイスとか、みんなの前で歌いたい。だから
さっき、神野くんに『余計なこと言いやがって』ってムカついた」
柔らかい雰囲気や見た目に反し、俵はずけずけと不満を口にする。神野のせいでカラオ
ケ大会が却下になったわけではないが、消化しきれない不満が思わず出てしまったのか
もしれない。
しかし神野は特に気にしていないようで、「あのさ」と振り返り、平然と声をかける。
「何?」
「僕ってアイデアマンかな」
話題がそこに戻ると思っていなかったのか、俵は思わず「え?」と間抜けな声を出す。
「そう言われるのって、嬉しいね」
笑顔でそう言うと、神野は再び絵を描き始めた。嫌みが通じなかったからなのか、俵は
どこか納得が行かないような顔をしている。
「いいね。私も何とかマンになりたい」
刺々しくはあるものの、羨ましそうに俵はそう口にした。すでに話を聞いていないのか、
神野は再開した絵を描く手を止めて「うーん」とうなる。
「どうしたの?」

「何か……足りない気がして」

「よくわかんないけど、足りないなら、どこかから持ってくればいいんじゃない」

「どこかから？」

「自分でどうにもできなかったら周りに頼れ、ってお父さんがいつも言ってる」

俵からそう聞いた途端——神野の脳内に何かがひらめいた。その勢いのままに、再び鉛筆を動かす。その凄まじい動きに、俵は「え……何……」と戸惑っている。

神野は再び、俵に顔を向けた。

「俵さんも、充分アイデアマンだよ」

そのアイデアを授かれたからか、嬉しそうに言う神野。そう言われて、俵も「え……あ、そう？」と満更でもない様子で笑い、神野の絵を眺めるのだった。


その後、休み時間が終わって次の授業——数学。甘利田の授業だ。

（久々に妄想が加速している。さっきから腹が鳴るのをこらえるのに必死だ）

黒板には、四つの設問が書かれている。すでに指名している四人がそれぞれの問題の前に立ち、チョークを持って挑んでいた。難問らしく、みんな頭を悩ませ、難しい顔をしている。その中には、神野の姿もあった。

解くのを待っている間、甘利田は席に座って妄想にふけっていた。

（マカロニグラタンのマカロニは、できれば口の中でグラタン部分をなくして、マカロニオンリーになった段階で笛を吹くように咥（くわ）えてフーフーしてみたい。コロッケはできることならソースを増量させたい。ヒタヒタになるくらい、衣がしんなりするほどソースをかけて、味の濃さが突き抜けた衣と中身のクリーミーさを融合させたい。ああ、気がはやる。時間よ進め。今すぐ鳴れよチャイム！）

そこまで思ったとき、黒板の一番端――甘利田の近くで問題を解いている神野が視界に入る。神野は、満面の笑みを浮かべていた。

（あいつ……笑ってやがる）

甘利田が書いた設問の横に、何かを書き始めた。

【2＋1＝3】

（なんだそれ……）

神野は書き終えると、さらに満足そうに笑っていた。

（二足す一は三に決まってんだろ。今、なぜそれを書く？）

甘利田の頭に「？」ばかりが浮かぶ中、神野はもう一度自分が追加した数式を見てうなずいた。これで自分の役目は終えたとばかりに、席に戻っていく。甘利田が書いた設問の答えは、書いていない。

（問題答えてけよ、この野郎）

真っ当な反応をしつつ、甘利田は今一度神野が書いた数式を見た。

（何か思いついたな。脳内で浮かんだイメージを思わず黒板にアウトプットした。この式、何を暗示しているんだ）

なんてことないはずの数式を、甘利田は真剣に睨み続けるのだった。

授業のない時間、配膳室前の廊下をたまたま通りかかった宗方は、配膳室近くに甘利田がいることに気づいた。目を閉じ、その場に突っ立っている。

するとそこに、配膳室から給食のおばさん、牧野が「先生！」と声をかけて出てきた。しかし甘利田は、その声が聞こえていないフリでもしているのか、逃げるように引き返していった。

牧野は「もう」とちょっと頬を膨らませ、配膳室に戻ろうとする。それを宗方は「あの」と呼び止めた。

「はい……あ、宗方先生」

「今の、甘利田先生」

「ええ」

「なんで、今逃げて行ったんですか？」

見たことをそのまま言う宗方だが、牧野はニヤリと笑って「さあ」ととぼけるように答えた。

「え、何かご存じですよね」

「からかわれると思ったんじゃないですか」

楽しそうに言う牧野の言葉が、宗方にしてみると意外でしかない。

「からかわれる？」

「私、甘利田先生をからかうのが趣味なんです」

「えっ、と……どういうことでしょう？」

さらに予想外の言葉が飛び出し、ただただ疑問しかない宗方。牧野はそれに対し、「内緒」とイタズラ好きの子供のような顔で答えた。

「内緒？」

「本当にかわいいわね、甘利田先生」

「かわいい？」

「先生はそう思いませんか？」

当然のように言われ、宗方は即座に「思いませんよ」と口にする。しかし牧野は笑みを浮かべたまま続ける。

「ちょっとほっとけない感じ、わかるんじゃないですか」

そう言い残して、牧野は配膳室に戻って行った。その場に残された宗方は、なんともいえない、複雑な表情でその場に立ち尽くすのだった。

それからさらに時間は過ぎ——給食の時間になった。

机の移動、配膳、校歌斉唱を終え、「いただきます」の挨拶を終え、三年一組は給食時特有の、騒がしくものんびりした空気に包まれる。

甘利田も、いつもの儀式としてメガネを外す。真剣な表情で、トレイを見つめる。

(今日のメニューは、キングオブクリーミー、マカロニグラタン。庶民の味方、ポテトコロッケ、サラダでありながらデザートを超えたお楽しみのフルーツサラダ)

白いホワイトソースに、チーズで香ばしく焼き色のついたマカロニが、器の中でつややかに輝く。小麦色にカラッと揚がった衣に包まれた小判形のコロッケの一部は、ソースが染みて茶色に染まっていた。隣には、一口大にカットされたフルーツに、純白のヨーグルトソースが絡んだフルーツサラダの入った器が鎮座する。さらに食パン二枚と、いつもの瓶牛乳。

目を閉じて、精神統一を行う。

(給食センターの隠れた秘策、このクリーミー三兄弟のことに、私以外で気づいている者はいまい。当局は今日の給食をクリーミー攻めにすると画策した。嬉しい画策じゃないか。大いに望むところ)

気持ちを落ち着かせてから、先割れスプーンを手に取り、早速マカロニグラタンを掬い上げる。口に運ぶと、目を閉じて味わう。

なめらかな舌触りで、濃厚な牛乳とバターの風味が口いっぱいに広がる。

（いきなりの濃厚クリーミー。うますぎる。塩気もいい具合だ）

最初はゆっくり食べていたのが、食べ進めるうちにどんどん勢いが増していく。テンションが上がっているのがよくわかる。

（グラタンとは、フランス南東部で生まれたと言われる調理法の一つ。「表面を焦がすように仕上げる料理」という意味の言葉だ。日本で「グラタン」と言うと、ベシャメルソースと肉や魚介、野菜やパスタなどの食材をオーブンで焼いた料理を指すことが多い。給食でのグラタンはどうしてもクリーム煮の域を出ないのだが、今日は頑張っている。焼き目の香ばしさを感じるではないか。これぞ、グラタン。気合が入っている）

豆知識を思い返しながら、甘利田はグラタンの中からマカロニを一本取り出した。

（なぜ、人はこんなチューブ状の粉物に心奪われるのだろうか。子供の頃、初めて食べたときの衝撃を忘れない）

スプーンに載ったマカロニを愛おしそうに目を細めて見つめてから口に入れる。マカロニを堪能すると、再びグラタンを食べ始めた。

（麺に穴が空いている。そしてその穴は、自身が絡むあらゆるスープやソースを受け入れて、外からも内からも自らをその味に染め上げていく。イタリアで作られた西部劇を日本では、マカロニ・ウェスタンと呼ぶが、日本以外ではスパゲッティ・ウェスタンと呼ぶらしい。ある著名評論家が「スパゲッティでは細くて貧弱そうだ」ということで、改名したと聞く。その通りだ。マカロニは、太くて力強い食材なのだ)

そんなことを思い、興奮が増していたところで——グラタンを食べ終えてしまった。

(はっ、興奮しすぎた。なくなってしまったではないか)

空になった器を、恨めしそうに見つめる。

(くそっ、早すぎる……いや、少なすぎる)

そんな思いから、自席からこっそり中腰になって配膳台に載っている寸胴鍋を覗き見た。

今日は欠席者もいなかったためか、中身は空だ。

(寸胴の壁面に付着したのをこそいでしまいたい。いや……ダメだ。そんなことをしたら、私の給食好きがバレるどころか、食い意地の張った意地汚い教師というレッテルを貼られかねない。ここは我慢だ)

そう自分に言い聞かせ、ふーっと深呼吸して落ち着きを取り戻す。気を取り直して、再び先割れスプーンを持つと、コロッケに手を伸ばした。

(私にはまだ、コロッケという強い味方がいる。いくぜネクストクリーミー、ポテートコロッケ！)

先端を使って、コロッケを割って小さく刻むと、その一つを口に運ぶ。ソースのかかったところは、衣がクタッと柔らかくなるも、酸味と甘辛さが広がる。反面ソースがほとんどかかっていないところは、衣がサクサクとして食感が楽しい。茹でたジャガイモの甘味とふわりとした食感とが相まって、甘利田の頰が緩んでいく。

（うまい。念願のソースだくだくは叶わなかったが、これでいい。かえって衣の食感がいきいきと感じられて、コロッケそのものの味わいを楽しめる）

　切り分けたコロッケを、さらにもう一つ食べていく。

（大正の三大洋食と呼ばれる料理がある。トンカツ、カレーライス、そしてコロッケだ。登場自体は明治だが、広く普及したのは大正末期から昭和の初めにかけてだ。茹でて熱いうちに潰したジャガイモやクリームソースに、塩コショウで味付けしたひき肉、野菜などの食材を混ぜて楕円に成形し、卵とパン粉の衣で包んで揚げた日本の洋食）

　コロッケに思いを馳せながら食べていく甘利田だったが、ふとその手を止めた。このままだと、コロッケも食べ終えてしまう。食パンを食べ、牛乳を飲んで休憩を挟む。

（すっかり夢中になって忘れていたが……奴は今日、どう出るつもりだ？　あの数式の謎もある）

　冷静さを取り戻した甘利田は、神野のほうへ視線を向けた。見る限り、何か特別なことをしている様子はなく、普通に給食を食べている。

(今のところ動きなしか。予想するに、コロッケと食パンでコロッケパンを作ってくるのはほぼ間違いないだろう)

甘利田の視線が、神野のトレイのコロッケ、パン、そしてグラタンとサラダに向いた。

(そうか読めたぞ。奴はコロッケだけではなく、マカロニもサラダも一緒にパンに挟もうとしている……だから三つ巴の三がアンサーなのか。ふっ、幼い。なんでも一緒に挟めばうまくなるなら、こんなに楽なことはない。それらは別々にあるからこそ、別々のクリーミーさが味わえるんだ。所詮子供。そんなことでは日本の食文化を切り開いた先人たちに笑われる)

そんなことを思いながら、甘利田は自分のトレイのコロッケを見つめた。

(そう。日本人は、世界の食文化を吸収して独自の進化を遂げるのがうまい。勤勉で、思慮深く、自らの味覚と対話しながら、似て非なるものを誕生させていく)

切り分けたコロッケの一つを頬張りながら、さらに日本の食文化について考えていく。

(カレーなどはその典型だろう。私は日本のカレーが一番好きだ。コロッケもまたしかり。

クロケット？ そんなものはいらん。私たちには、コロッケがある)

コロッケの元になったというクロケットは、肉や魚、野菜をベシャメルソースで和え、小麦粉、溶き卵、パン粉をまぶして揚げた食べ物だ。ジャガイモ以外が主役のクロケットではなく、ジャガイモが主役のコロッケを、甘利田は愛していた。

気がつくと、甘利田は最後のコロッケもすべて食べきっていた。

（はっ、また食べきってしまった……だが、後悔はすまい。まだ私には、クリーミー第三の弟、フルーツサラダが残っている）

勢い込んだ甘利田は、フルーツサラダの載った器をトレイの中央に引き寄せた。先割れスプーンでヨーグルトソースに覆われたサラダを確認する。

（これは、もはやデザートでいいだろう。ミカン、バナナ、リンゴ、それからヨーグルトソース。キャベツが入っていなかったら、これはサラダと呼称するにはいささか違和感のある一品だ）

フルーツサラダの入った器の左右に、残りの牛乳と食パンを配置する。再び呼吸を整え、最後のメニューに備えた。

（今日のメインは初期消化してしまったが、この取り合わせで充分だ。クライマックスも豪快にいこう。では……いざ！）

先割れスプーンを強く握り、勢いをつけてフルーツサラダの器に差し込み、食べる。それぞれの果物の甘酸っぱさと、ヨーグルトソースの甘酸っぱさが混じり合い、口の中に広がっていく。塩辛い味付けをされやすいキャベツも、青臭さと甘味がヨーグルトに優しく絡めとられ、デザートの一つとしてのおいしさを発揮する。

ミカン、バナナ、リンゴ、キャベツと一種類ずつ食べると、食パンをむしって咀嚼。しっかり噛んでから牛乳で流し込む。

（まるで宝の山だ。白き大海原の中に沈んだ色とりどりの果実たち。宝探しの楽しさを感じさせつつ、健康に配慮した甘すぎない味付けで、サラダとしての威厳も保っている。このソースのなめらかさよ。給食の最後に、心までもクリーミーにしてくれる、グランドフィナーレだ）

直後、トレイの器はすべてカラになった。残っているのは、ちぎって残った食パンの欠片のみ。

（おかげさまで……今日も仕上がった）

感謝の念を抱きつつ、ヨーグルトソースを食パンの欠片で丁寧に拭い取り、口に運ぶ。食パンの欠片に甘さ控えめのヨーグルトソースがクリーミーな彩りを添え、食べ終わった。

（ごちそうさまでした）

椅子の背もたれに身を預け、満足そうに目を閉じる。

食後の余韻に浸って、数秒後。甘利田は目を開けて周りを見渡した。視界に神野が入った瞬間、その存在を思い出しメガネをかける。

（ん？）

メガネで視界がクリアになった状態で神野とトレイを確認すると、食パン二枚の耳が綺麗になくなっていた。耳は、グラタンにつけて食べている。

（耳だけ先に取って、どういうつもりだ）

次に、パンにコロッケを挟む。その様子を見て、甘利田は鼻で笑う。

（ほら来た。案の定、コロッケパンだ）

だが次の瞬間、甘利田の表情が戸惑いに変わる。もう一枚のパンに、グラタンを挟み始めたのだ。

（なんだと……別のパン？　二種類のサンドを作るということか。じゃあサラダはどうなる？　アンサーは三だったはず。三つ目のフルーツサンドはどうするつもりだ？）

次の動きを見守っていると、神野はおもむろに立ち上がった。そのまま迷いなく甘利田のところまで歩み寄ってくる。

（なんだ？　なんのつもりだ？）

「先生」

「……なんだ？」

「これ、使ってもいいですか？」

神野が差し出したのは――おかわり券だ。しっかり甘利田のハンコが押された、正式なもの。

（なんだと！）

叫び出したい気持ちを内心で抑え、甘利田は答える。

「今日、余っているものなんてないぞ？」

「あります」

神野の即答に「何？」と答えながら立ち上がった甘利田は、配膳台を改めて確認する。グラタン、コロッケ、フルーサラダ、クリーミー三兄弟の姿はない。しかし――

（食パン！）

コンテナの中に、食パンだけが数枚残っていた。食パンは一人二枚。欠席者はいないので、一枚だけ受け取り、もう一枚をもらわなかった生徒がいるということだろう。

「いいですか」

神野はそう言って、甘利田の机に券を置いた。返事を待たずに食パンを一枚とり、自席に戻っていく。

（お前……まさか……そうくるのか……）

神野は早速、食パンの耳をとり、フルーツサラダのヨーグルトソースをつけて食べ、白くなった食パンにフルーツサラダを挟んでいく。

（二足す一の一とは、おかわり券使用前提の、追加食パン）

神野が書いていた数式の答えを実感している甘利田の目に、三種類のサンドがトレイに並ぶ姿が映った。

（答えは、三種のサンドイッチ！）

解答を胸の内で叫ぶ甘利田の視線の先で、神野は牛乳のフタを開けた。

(三つ揃うと、なんとうまそうなんだ)

輝かんばかりの笑顔で、コロッケパンにかぶりついていく神野。

(ここまで想像できていなかった。今日はただクリーミーが揃ったから、それを楽しもうと……それがわかっているのは自分だけだと勝手に解釈して、ただ無我夢中で食べた。途中、奴がサンド作戦に出るのに気づいていながら、どうせ子供だから幼稚な考えで食事を台無しにするだろうと、願望のままタカをくった)

心の中で、自分のそのときの心境を思い返す甘利田だが——それすらも、本心ではないとしっかり気づいていた。

(……違う。本当は、私もサンドにしたかったんだ。コロッケをパンに挟みたかった。でも奴がやることを大人の私がやるなんてという、変なプライドがそれをさせなかった。なんというちっぽけな、つまらない感情で給食をないがしろにした)

給食が好きな気持ちに、偽りはない。だから今日も、全力で給食を楽しんでいたはずだった。しかしその裏にある、長年積み重ねてきた「大人」としての感覚やしがらみは、そう簡単には変えられなかった。そのことに、甘利田は気づいてしまった。

その事実に落ち込み、後悔し——ガクリと肩を落とした。

(もしかしたら……奴はむしろ……先人たちのように、日本の新たなアレンジ食文化を切り開いていく男なんじゃないのか。私など、足元にも及ばないような……)

甘利田がそんな未来のことを想像した頃に、神野は給食を食べ終えた。手を合わせ、「ごちそうさま」と呟く神野を見て、脱力して甘利田は机に突っ伏した。

(また……負けた)

食べ終わった生徒の声が騒がしくなっても、甘利田はそのまま動かないのだった。

給食の時間が終わり、昼休み。教室から職員室に戻る甘利田は表情を曇らせ、力ない足取りで廊下を進む。

「先生、具合でも悪いんですか」

そこに、同じく職員室に向かおうとしていた宗方が声をかけてきた。しかし甘利田にはその声が聞こえていないのか、そのままゆっくり廊下を進む。

「先生」

「え……ああ、大丈夫です」

もう一度声をかけられて、ようやく宗方が自分に声をかけていたことに気づいたらしい。

甘利田が力なく答えると、宗方は隣に並んだ。

「あの、さっき、給食のおばさんの……」

「ああ、牧野さん」

「あの方が、甘利田先生のことを……かわいいって」

　宗方が不思議そうに告げると、甘利田は眉間に皺を寄せた。

「……それは、私をバカにしているんです」

「そうなんですか」

「かわいいということなら、宗方先生のほうがよっぽどかわいい」

　真面目な表情で言い切る甘利田に、宗方は「なっ」と戸惑いと照れを見せながら慌てたような声を上げる。

「それこそ、バカにしてるんですか？」

　その返しが予想外だったのか、甘利田は足を止めて「はい？」と心底不思議そうな声を返した。宗方も足を止める。

「だって、宗方先生は本当にかわいいじゃないですか」

　真顔の真顔でまたもや言い切る甘利田に、宗方はさらに照れて頬を緩ませる。

「うちの給食に来ていただいて、生徒たちも喜んでいます」

　甘利田から「給食」という言葉を聞いた宗方は、給食の時間に目撃した甘利田の様子を思い出し、表情を引き締めた。

「そんなわけないです。口うるさくしてますから」

　実際、机の配置を指示したり、あまりに騒がしくしている生徒に注意したりと、甘利田が普段気にかけないことに、宗方は口を出していた。

「いえ、先生が参加したときは、皆のテンションが一五パーセントほど上がっています」

あれだけ目の前の給食にしか興味がないように見える甘利田から、こんな言葉を聞くとは思わなかった宗方は「え？」と戸惑いの声を漏らす。

「これからも、たまによろしくお願いします」

言葉そのものは真摯に思えるが、宗方は素直に受け取ることができなかった。

「――適当なこと言わないでください」

そんな心理が、宗方に鋭く冷たい声を出させた。

「私は、甘利田先生に問題があると思ったので一組の給食に入ったんです。みんなで楽しくなんて主旨じゃないです。何が一五パーセントですか」

突き放すように言う宗方に、甘利田は返事をしなかった。宗方がさらに続ける。

「先生は極端です。すごく厳格で頑固かと思ったら、変なところは適当に誤魔化すし。どっちが本当の甘利田先生ですか」

「さあ……なんのことやら」

言ったそばから、適当に誤魔化す――ように聞こえる返事をする甘利田。ますます宗方の目が鋭くなる。

「私には、学年主任としての責任がありますので」

最後にそう言った宗方は、立ち止まったままの甘利田を残してスタスタと早足にその場を立ち去った。

その後ろ姿を、甘利田は少し険しい表情で見送るのだった。


昼休みが終了し午後の授業——ではなく、三年一組はおたのしみ会が行われていた。

教室の後ろに机を寄せ、空いたスペースに円になるように椅子が並べられている。甘利田は自席に座って、ぼんやり「なんでもバスケット」の様子を眺めていた。

最初の鬼である俵が「男子の人！」と指定すると、教室の約半分が移動。坂田が椅子に座りそびれ、鬼となる。坂田が「女子の人！」と指定すると、なぜか聞き間違えた男子——松山大吾が立ち上がり、鬼になってしまう。

「あーうー……体重が八〇キロ以上ある人」

迷った挙句に松山がそう言うと、誰も立たなかった。縦にも横にも大きい体型の松山に、的場が「自分のこと言ってんじゃねーよ」とヤジを飛ばし、男子たちが笑う。

「あー、えーっと……ミドリガメ飼ってる人」

人の動く気配がしないものの、松山がキョロキョロ周りを見渡すと——神野が立った。

松山は「やった」と嬉しそうに神野がいた席に座る。

すると、今までぼんやり「なんでもバスケット」を眺めていた甘利田が、輪の中央に立つ神野を前のめりで見つめた。

（あいつ……飼ってんのか？）

甘利田にしてみると、意外だったらしい。神野は少し考えたあと、「それじゃあ言います」と口を開いた。甘利田、そして生徒たち全員が、神野が何を言うか注目する。

「おうちのご飯より、学校の給食が好きな人」

神野がそう言った瞬間——甘利田の目に映る教室の景色が、スローモーションになった。ゆっくりした動きで、椅子に座る生徒たちすべてが立ち上がり、笑顔で移動している。そしてなぜか、甘利田もいつの間にかその中に参加していた。

甘利田も、神野も、三年一組の生徒全員が「給食が好きだ！」と叫び出しそうな勢いでスキップしながら、楽しそうに椅子の輪の中を跳ね回っている。

——という妄想を、甘利田はしていた。

「……」

実際には、数名の生徒が椅子から立ち上がり、移動していただけだった。

おたのしみ会も終わり、放課後。下校していく生徒たちの中、甘利田も学校を後にしていた。

（あの一瞬の妄想は、なんだったんだ……私は、奴が言った家飯より給食が好きという設

問に激しく同意だった。だからといって、あそこまで妄想するだろうか）

そんなことを思っていると、通学路の先に神野の姿を見つけた。膝を突いた神野は、野良犬のシンゲンを構っている。かざした神野の手に、シンゲンは鼻を近づけて匂いを嗅いでいるようだ。

吸い寄せられるように、甘利田は神野とシンゲンのそばまで歩み寄った。するとシンゲンが甘利田に気づいたのか、近寄ってくる。

「その犬、先生が好きなんですね」

言いながら、神野が立ち上がる。

「お前にも懐いてたじゃないか」

「今日はパンをいっぱい触ったから、匂うんだと思います」

そんなやり取りをしていると、シンゲンが甘利田を見上げて「くーん」と鼻を鳴らす。

「じゃあ、失礼します」

神野は頭を下げ、歩き出そうとした。甘利田は「ああ」と応じたあと、呼び止める。

「お前……家のご飯より、給食が好きなのか？」

甘利田の突然の問いに、神野は「はい」と即答した。あまりに迷いのない返答に、甘利田は「そうか」とだけ返す。

「全員が、そうなのかと思いました」

神野からのその言葉は――甘利田の妄想に同意するかのようだった。

思いもよらぬ返答に、甘利田が返事をできないでいると神野は「さようなら」と挨拶して再び歩き始める。その後ろ姿に、甘利田は「ああ」と短く返すだけだった。

神野を見送りながら、甘利田は物思いにふける。

（私は給食が家の食事より一〇〇倍好きな教師。だがそんなことは微塵も知られてはならない）

ふと、甘利田はしゃがんでシンゲンを見つめる。シンゲンは何かを期待するように、ただじっと甘利田を見ていた。

（だから奴のように、思っていることをハッキリと皆にぶつけることなんてできない）

迷いを振り切るように立ち上がると、甘利田はシンゲンを置いてその場を立ち去った。

（大人の教師として、私は断じて奴を認めるわけにはいかない。奴との闘いは、まだまだ続く）

同じ給食好きとして、神野と思いが通じ合ったと一度は思った甘利田。しかし改めて、自分の立場を実感したことで、やはり相容れないという結論を出す。

改めて感じた、同志としての共感を――見て見ぬフリをして。

その一方で――宗方は、教育委員会の応接室に来ていた。すでにローテーブルの向こうには鏑木の姿があり、何かを促すように宗方を睨んでいる。

そんな鏑木に、宗方は——封筒を差し出した。

特に何も言わず、鏑木は封筒を開けて中身を取り出した。中から現れた数枚の写真を、順番に見ていく。

そこに写っているのは——甘利田だ。駄菓子屋から出てくる様子や、ベンチで実際に駄菓子を食べている場面など、数枚。宗方は、何度か甘利田が駄菓子屋にいるときの様子を撮影していたのだ。

「教師が……帰り道に……買い食いですか……」

重々しく呟く鏑木だが、その顔がニヤリと笑う。

反対に——写真を差し出したはずの宗方は、罪悪感で表情を曇らせるのだった。

メニュー五

冷やし中華はじめました

黍名子中学校三年一組は、視聴覚室に集まっていた。後方には、担任である甘利田、同じ三年の担任である宗方と真野の姿もある。

前方の黒板には、「交通事故ゼロの日」と白のチョークで書かれていて、その前には二人の男女が立っていた。

一人は、穏やかで優しい物腰の二〇代半ばか後半くらいの女性——下村千夏(しもむらちなつ)。警官の制服に身を包んではいるが、威圧感は皆無で、むしろ親しみやすさを感じる。

威圧感という意味では、もう一人の三〇代くらいの男性——南孝治(みなみこうじ)のほうが強い。

「黍名子署の南です。本日は交通事故ゼロの日ということで、皆さんには交通教室を受けてもらいます。これまで何度か警察官から話を聞く機会はあったと思いますが、みんなはもう中三です。大人としての自覚を持つ時期です」

強面なうえに大柄で、生徒たちを見下ろす視線も鋭い。よく通る声も大きく高圧的だ。

「なので、今日は厳しめの話もさせてもらいます。いつまでも守ってもらう子供でいられては、取り締まる側も困るからです。今日はよろしくお願いします」

そんな南の口調に気圧(けお)されたのか、生徒たちの「よろしくお願いします」と返す声は小さかった。

宗方は、そんな南の態度や話し方にムッとしているのか、眉間に皺が寄っているのだが──その隣にいる甘利田は、なぜかニヤけていた。

(こういう暑苦しいキャラからガツンと刺激をもらえば、今日のランチが一層楽しめる。何せ今日は、暑い夏に念願の……)

甘利田がそんなことを考えているうちに、南の隣にいた下村が話を引き継いだ。

「では皆さん、はじめにビデオを見ていただきます。ちょっと刺激的な場面もありますので、もし気分が悪くなったら手を挙げてくださいね」

見た目通りに明るく、優しい言葉で話しながら全体を見回す下村。特に質問がないのを確認すると「では、始めます。カーテンお願いできますか」と窓際の生徒に声をかける。言われた生徒たちが暗幕カーテンを閉めると、視聴覚室内は真っ暗になった。すぐにテレビモニターの電源が入り、ビデオが始まる。

モニターには、大きな文字でこう書かれていた。

【こんなはずじゃなかった　交通事故がもたらすもの】

車道を走っていた乗用車の前に──突然、一〇代半ばの少年が飛び出してきた。

運転手の男性は、慌てて少年を避けようとハンドルを切り、ブレーキを踏んだ。急ブレーキによりタイヤが地面を滑る甲高い音のあと、車と少年がぶつかる重い衝撃音。

場面は変わり、病室。白いベッドに、手足に包帯を巻かれた少年が座っている。その横に、見舞いの品を持っている二〇代半ばほどの女性と、さらに若い女性——マスカラでまつげが異様に長く、アイシャドウやチークの色が妙に目立つ、化粧の濃い女性が向き合っていた。

「本当に、うちの主人が……とんでもないことをしてしまって」

見舞いの品を持つ手と声を震わせて頭を下げる、交通事故を起こした夫の妻。真摯に謝る妻に、化粧の濃い女性は険しい顔つきで言葉を投げる。

「謝って済む問題ですか！　全治三か月ですよ！」

どうやら、この女性は一〇代半ばの少年の母親だったらしい。責められた妻は、ベッドにいる少年に顔を向けた。

「本当に、ごめんなさいね。でも……」

少年を見る妻が、意味深に言葉を切る。若い母親は「でも、なんですか」と先を促した。

「本当のことを言ってくれない？」

「本当のことってなんですか？　もう帰って！」

——そしてまた場面が変わり、狭く薄暗い、取調室になった。事故を起こした男が、デスクを挟んで向かいに座る刑事に詰問されている。

「……じゃあ少年が、信号を無視していきなり横切ったと」

刑事の言葉に、男は「……はい」と弱く返事をする。

「少年は、青信号だったと証言しています」

「いや、あれは確かに」

「嘘をつくな！」

男が弁解しようとした瞬間、刑事が強い語調で遮ったところで——場面は再び、病室に戻った。取調室にいた刑事が、ベッドの上の少年を見ている。

「歩行者側の信号は、確かに青だったんだね。その確認だけ、させてもらえるかな」

隣に控えている若い母親が、「そうよね、青信号だったのよね」と少年に返事を促す。

少年は答えない代わりに——脳裏で、事故当時のことを思い出していた。その回想を、映像として映し出す。

歩行者側の信号は——赤だった。

それでも構わず、少年は横断歩道を横切った。その瞬間、男が運転する車のヘッドライトが迫り——

少年は返事をしていなかったが、母親の言葉が返事だと受け取った刑事は「では」と声をかけて病室を出て行こうとしていた。その背中に、少年は「刑事さん」と声をかける。

振り返る刑事と、見送りをしようとしていた若い母親。

少年の目には、涙が浮かんでいた。

「──ごめんなさい！」

少年が叫んだと同時に──またも場面は変わる。

釈放され建物から外に出てきた男を、妻が出迎える。二人は晴れやかで幸せそうな笑顔を向け合い、並んで歩いていく。

二人の背中をバックに、「おわり」の文字が浮かび──ビデオは終了した。


窓際にいた生徒たちが暗幕を開け、視聴覚室内に日の光が入ってくる。突然明るくなり、生徒も教師も目を細めている。

「いいかな。交通事故はすべてを失う。被害者も加害者も」

静まり返っていた視聴覚室内に、厳しい口調の南の声が響く。

「その恐ろしさを、君たちはまだちゃんと自覚していない。先生たちにお願いしているが、このあと、今日のビデオを見た感想文を書いてもらう」

萎縮した様子の生徒たち全員を見回し、さらに南は続ける。

「明確にしておきたいのは……このケースでは、事故を起こしたのは、あの少年のほうだということだ」

神妙な顔つきで聞いている生徒たちだったが──甘利田は、まだニヤけていた。

（熱い……熱い講義だぜ。いいぞいいぞ）

ビデオは見ていたはずの甘利田だが、その内容より南の様子のほうが気になるらしい。厳しさでいえば、校門に立つ甘利田の身だしなみチェックに近いものがあるが――

「信号は、交通ルールの中で最も守らなければならないものだ。それだけを頼りに、ドライバーも運転している。だから信号無視は大きな犯罪だ。何があっても車が悪いなんて理屈は、実は通らないいんだということを、肝に銘じておくように！」

同じように、南も決して間違ったことは言っていない。だがその口調と威圧的な声は、生徒たちをただただ怖がらせているだけだった。

南の高圧的な声が途切れたとき――ふと、神野が手を挙げた。この状況で誰かが挙手するとは思わなかったようで、南も意外そうに「ん？　何かね」と神野に声をかける。

発言の許可をもらった神野は立ち上がった。そこに、他の生徒たちのような恐怖はない。

「質問、いいですか」

誰も返事をしないが、神野はそのまま続けた。

「被害者のお母さんですが、何歳の設定なんでしょうか？」

南の話の流れをぶった切るような質問に、南は「あ？」と怒りを込めた声を上げる。

「被害者の少年は、おそらく僕らと同じ中学生だと思います。だとしたら、あのお母さんは若すぎるんじゃないでしょうか」

ビデオに出てきた少年の母親は、事故を起こした夫の妻よりも若かった。仮に一四歳の息子がいたとすると、母親が一〇歳くらいのときに少年が生まれたことになる。

確かに不自然だが、南は「そんなことはどうでもいいだろ」と、キツイ口調で返した。

「少なくとも、僕の母と比較してもあり得ないくらい若かったです」

「だからそれがどうしたんだ」

「どうしてもそれが気になって、お話の中身が頭に入ってきませんでした」

ハッキリそう言う神野を、南は険しい顔つきで睨みつける。

「君は真面目に授業を受ける気がないんだな」

「違います。形が間違っていると、中身も伝わらないと思うんです」

神野の言葉に「いいか、このビデオの主旨はだな……」と説明しようとする南だったが。

「それと、ラストシーンで加害者夫婦が笑っていたのはどうかと思いました」

南が何か言う前に、下村が口を挟んだ。

「あ、それは、たぶんちょっとホッとしたんじゃないかな」

「ホッとすると、人は笑うんですか」

にこやかに「そう、思うわよ」と答える下村だが、神野の言葉は止まらなかった。

「僕は嬉しいことや楽しみなことがあると笑います。だから加害者夫婦は嬉しかったんだと思いました。でも事故を起こしたのに、変だなと思いました」

その瞬間——南の顔に露骨な敵意と悪意を含んだ笑みが浮かび上がった。

「嬉しいだろそりゃ。だって釈放だから。シロだったんだから。無実の罪でパクられたんだから……」

威厳を背負っていた南が豹変（ひょうへん）したのを見て、下村が「南さん」と制した。それで冷静さを取り戻したのか、醜悪な笑みが引っ込んだ。

「……とにかく、歩行者優先という言葉をはき違えないこと。歩行者だって犯罪者になるんだ。わかったか」

変わらぬ高圧的な——さっき以上に侮蔑（ぶべつ）するような色を含んだ南の言葉に、生徒たちは反応しない。怯（おび）えよりも白けたような雰囲気で、再び静まり返ったままだった。


生徒たちが退出し、甘利田、宗方、真野、そして下村は後片付けをしていた。怒りが収まらないといった様子で南が椅子に座っていると、そこに校長である箕輪が入ってきた。

「どーもどーも、お疲れさまでした」

箕輪の存在に気づいた南と下村は、箕輪の前までやってきて挨拶した。

「今年もありがとうございました。交通教室、どうでしたか？」

「どうということもないですが……ちょっとした問題児はいましたかね」

不満そうな南に対し、箕輪が意外そうに「問題児？」と繰り返す。

「ええ、あの生徒……」

名前を言おうとして思い出せないのか、南は甘利田のほうを向いて「なんていう生徒ですか、あれ」とたずねる。

高圧的かつ見下すような言葉に、宗方はまだ眉間に皺を寄せていた。

明らかに自分に問われているはずの甘利田は、まっすぐ南を見据えたまま、なぜか答えない。代わりに「あ、神野くんですか」と真野が答える。

「彼は、屁理屈で大人を困らせるタイプだ。要注意ですよ」

真顔で言う南だが、箕輪は笑って「まあ、生徒も色々ですから」と簡単に流した。

「そんなことを言ってるからナメられるんです。ああいう生徒にはズバッと言ってやんないと。つけあがるだけです」

それが気に入らなかったのか、南はさらに高圧的に吐き捨てる。宗方はさすがに見過ごせなくなり、口を挟もうとしたが――

「――確かに、神野にはその気がある」

と、突然甘利田が同意した。身だしなみチェックのことを思うと、甘利田は南と似た考えのように宗方は思った。南も賛同されて嬉しいのか「そうでしょう」とうなずく。

「だが――あんたも大概だ」

またも突然――甘利田は南を切り捨てた。言われた意味を理解できなかったのか、南が「は？」と間抜けな声を上げる。

「さっきからあなたの発言は、一方的で高圧的だ。教育にはそぐわない」

「ダメなものはダメと叱ってやる、それが教育でしょう。あなたたちができないから、私が実践しているまでですよ」

甘利田が敵対していると気づき、南は嘲笑と共に言い切る。だが、甘利田は一切動じなかった。

「あなたがやっているのは教育じゃない。子供を屈服させて悦に入っているだけだ」

さらに容赦なく切り捨てていく甘利田に、南も「な、なにを！」と怒りに任せて叫ぶ。

予想外の展開に、宗方は唖然とした。甘利田と南では共通する部分も多かったはずだが——今甘利田が言っていることは、宗方が感じていたことを完璧に言語化していた。

「あなたにとっての交通教室は、さしずめ日頃のストレスを子供にぶつける発散時間なんだろう。聞かされる子供たちはいい迷惑だ」

「いい加減にしろよ！」

南からまっすぐ怒りを向けられても、甘利田は一歩も引かない。

「ついでに言うが、確かにあのラストシーンは蛇足だ。演じた役者もあそこで笑えと言われて困惑したことだろう。作り手の薄っぺらい意図が見え見えで萎える」

いくら原因が信号無視した少年にあったとしても、事故を起こしてしまったことに変わりはない。釈放になったからといって晴れやかな笑みを浮かべるのは、確かに不自然だ。

そのことがわかっていたのか、甘利田の言葉の意味そのものはどうでもいいのか、「貴様！」と、今にもつかみかかりそうな勢いの南を、下村が止めた。

「すみません、この辺で我々お暇します」

苦笑いで間に入った下村だったが、南の怒りは収まらず「いや、あんたね！」とまだ甘利田に詰め寄ろうとしている。このまま、止まりそうになかった。

誰もがそう思っただろう、その瞬間――

「――南巡査！」

穏やかで優しい声だった下村が――怜悧でありながら、底冷えするような鋭い声を響かせた。直後、南がビクリと肩を震わせる。

「はい！」

「署に戻るぞ」

「……わかりました」

下村に答えた南は、憑き物が落ちたように落ち着きを取り戻し、気まずそうにしていた。

そんな南を前に、下村は甘利田たち教師に向かって敬礼する。

「失礼します」

凛とした声で言うと、下村は南を連れて視聴覚室を出て行った。残された教師たちは、面食らってしばらく硬直していた。

「……あっちが上司？」

　箕輪が戸惑いと共に呟くと同時に、真野が「カッコイイー！」と瞳を輝かせる。下村と南の上下関係の意外さに、二人は完全に目を奪われていた。しかし、宗方は違った。

「……」

　宗方がうかがい見た甘利田は、涼しい顔をしているのだった。


　交通教室の片付けを終えた甘利田は、職員室に向かって一人廊下を進む。

　宗方から見て涼しい顔をしていた甘利田だったが——今は、頰を緩ませてにんまりと笑みを浮かべていた。

　そこで急に「甘利田先生」と呼ばれて、思わずそのまま振り返った。

「え、なんでにんまり？」

　宗方が戸惑っているのにも構わず、「なんでしょう？」と用件を聞く。

「あの……なんか。ありがとうございました」

　突然のお礼に、甘利田は「何がですか？」と笑顔のまま返す。少しも心当たりがないとばかりに。実際のところ、甘利田には本当にお礼を言われる覚えがなかった。

「ちょっとスッキリしたっていうか」

「いえ。今日はあらかじめ、ウォーミングアップが必要でしたから」

すべては、この言葉が物語っていた。当然宗方はその意味などわかるはずもなく、「はい？」と戸惑いの反応しか返ってこない。

甘利田はにんまりしたまま再び廊下を歩きだした。呆然と立ち尽くす、宗方を置いて。

職員室に戻ってきた甘利田は、早速デスクから献立表を取り出し、じっと見つめる。

（きたーっ！　夏の醍醐味。今日のメインは冷やし中華）

にんまり笑顔のまま、今日の日付の献立に釘付けの甘利田。

（食欲がなくなる暑い夏でも、チュルチュルいける優れもの。酸っぱさとゴマ油の風味が想像力だけで立ち上ってくる。冷えた中華料理という掟破りの組み合わせは、暑い夏、カッカと火照る身体にとって、最高の癒しとなる）

冷やし中華に思考が支配されている甘利田の隣の席に、遅れて職員室に戻ってきた宗方が座る。観察するようにしっかり甘利田を見ていたが、当然甘利田は気づかない。

（そういう意味では、さっきの交通教室はウォーミングアップになった。火照りまくった血流をさらに高めて、最高の癒し給食を、実現しようじゃありませんか皆さん）

甘利田の脳内にだけ、観衆の声援と拍手が沸き起こっていた。

南の高圧的な言動をキッパリと切り捨て、やり込めた甘利田だったが——最初から、南のことなど眼中になかったのだ。

甘利田の心にあったのは、南という高圧的で理不尽な存在に、自分の意見を叩きつけ、バトルをすること。もっと言えば——そのバトルの先にある、冷たくておいしい今日の給食、冷やし中華を楽しむことだけを考えていた。

だから甘利田は、本当に宗方からお礼を言われる覚えがまったくなかったのだった。

「……」

給食のことで頭がいっぱいの甘利田は、相変わらずニマニマしたまま。そんな姿を、職員室に戻ってきた宗方は、また不思議そうに、そして不審そうな目で見ているのだった。


三年一組の、学級会。先ほど時間を作って交通教室についての感想文を書いていた生徒たちの発表が行われていた。

甘利田は自分の席に座り、発表を聞いていた——少なくとも、表向きは。

現在発表中なのは、俵だった。

「今日の交通教室で気になったのは、神野くんの言う通り、お母さん役の女優さんが若すぎるんじゃないかということです。それに息子が入院している病院に行くのに、あんな派手なお化粧は必要ないと思いました」

明らかに神野の発言の影響を受けている俵の感想文を聞き流しながら、甘利田はやはり、関係のないことで物思いにふけっていた。その足は、激しく貧乏ゆすりしている。

（この貧乏ゆすりは、貧乏ゆすりではない。冷やし中華を迎え入れるためのウォーミングアップ。常に血流を促し、身体にバイブレーションを与える。カッカと火照った身体で、最高の麺を味わう。これは、夏の人類に与えられた特権だ。まさに人類と麺類の合体だとは思いませんか、皆さん)

甘利田の脳内に住まう観衆から、またも声援と拍手が送られてくる。脳内の観衆に向けて笑顔を振りまく甘利田は、現実でも少し頬が緩んでいた。

その間も、俵の発表は続く。

「年齢設定とお化粧が気になって、お話の中身が頭に入ってきませんでした。ああいうビデオは、現実的に作ったほうがいいのではないかと思いました」

そう俵が締めくくって座ると、教室に笑いが起こった。その声で、甘利田は現実世界に帰還した。真面目な顔で「静かにしろ」と声をかける。

「じゃあ次……」

言いながら、次は誰に発表させるか決めるため教室を見渡しながら甘利田は――あるところで、ハッとした。

神野である。何かひらめいたとばかりに満面の笑みを浮かべると、ノートに鉛筆を走らせ始めた。

(また何か思いつきやがったなこいつ)

嬉しいような忌々しいような、そんな気持ちでいた甘利田に「先生、どうしたんですか」と生徒の誰かが声をかけてくる。誰に発表させるか決める途中で止まっていたからだ。

「……ああ、では次、的場」

その後なんとなく目に入った的場を指名すると、「えー、オレ？」と間抜けな声で立ち上がる。生徒たちが笑う中、的場は発表を始めるのだった。


学級会が終わり、四時間目前の休み時間。

神野は、配膳室の中から辺りを見渡し、こっそり廊下に出てくるところだった。持っていたノートを開き、あるページを確認。何かを確信するように、にっこり笑ってうなずく。ノートを閉じ、何気ない様子を装ってそのまま廊下を進もうとした矢先——「ちょっと」と神野の背中に声がかかった。神野はビクつきながら、思わず振り返る。

「何してるの、神野くん」

立っていたのは、給食のおばさんこと牧野だった。何か用があったのか配膳室ではなく、神野が進もうとした廊下の反対側からやってきていた。

「いえ、ちょっと給食が気になりまして」

少しだけぎこちなく返す神野を見て、牧野の興味は神野が持っているノートに向いた。

「あ、また何か絵を描いたの？　おばさんにも見せてよ」

「いえ、これは……」

「前は見せてくれたじゃない」

断ろうとしたが、牧野の笑顔がそれを封じる。仕方なく、神野はノートを渡した。パラパラめくると、先ほど神野が見ていたページで手が止まる。

「そう、今日は冷やし中華。相変わらずうまいわねえ……あれ、この上にかかっているのは何？」

そう牧野が言った瞬間、神野は素早くノートを奪い返し「失礼します」と一礼してその場から逃げるように去っていく。

牧野が「ちょっと、神野くん」と声をかけても、神野の背中は遠ざかり、結局、笑顔のまま背中を見送るのだった。


それから時間は過ぎていき、給食の時間。相変わらず甘利田はノリノリで校歌を歌い切り――教室全員の「いただきます」と同時に、皆各々給食を食べ始めた。

いつも通り、甘利田はメガネを取ってトレイを見つめる。

（今日のメニューは、日本発祥の中華料理にして、夏の風物詩、冷やし中華）

トレイの上には、袋に入ったソフト中華麺があり、器の中にはスープに入った具材がある。茶色のスープに、細切りにしたハムとキュウリ、細かく刻んだ紅ショウガ、茶色の中華クラゲ、細い錦糸卵（きんしたまご）が浮かぶ。すでにスープの色がそれぞれの具材に染み込んで茶色くなっていた。

（付け合わせに相性バッチリ中華春巻き、そして夏の果物と言ったらこれ、スイカがデザートだ。大変よろしい。正しい日本の夏給食だ）

冷やし中華用のスープの器の隣には、カラッと黄金色に揚がった細長い春巻きが鎮座する器と、面が三角になるようにカットされた赤い果肉が眩しいスイカが載っている。

甘利田は意気揚々と、まずは袋に入った中華麺を四つに分断した。給食に袋麺が出ると、まずは四分割にするのが甘利田の通例だ。

（給食の冷やし中華には色々バリエーションがあるらしいが、我が校はこの袋麺後入れタイプ。大きなおかずの器にあらかじめスープと具材が入っている）

分割し終えた麺を、スープに投入。先割れスプーンを使って混ぜ合わせる。

（酢の効いた冷やし中華スープの上に、細切りハム、キュウリ、細かく刻んだ紅ショウガ、歯ごたえのある中華クラゲ、そして今日はふっくら錦糸卵。色とりどり。これはもはや、真夏の大花火大会だ）

ソフト中華麺とスープをしっかり混ぜたあと、スープを一口すする。酢の酸味と、醤油の旨味、ゴマ油の香ばしさが絡みあって口の中に広がった。

（お。これは……汁のレベルが高い。醤油出汁にゴマ油と酢のバランスが絶妙だ。これだけでも飲める）

スープを満足気に堪能すると、それぞれの具材も口に運ぶ。スープの染みた具材は、それぞれの持つ食感と味わいが、甘利田の舌を楽しませてくれる。

（具材もひとつひとつ良いじゃないか。野菜に肉に卵にクラゲ。ここまで高クオリティだと、惜しまれるのは見た目か）

そんな思いのこもった甘利田の視線が、麺も具材も一緒くたに混ざった器を見つめる。

（冷やし中華の醍醐味は、出されたときの形にある。真ん中に麺。そこから放射状に配置された各種具材。細切りに統一された色鮮やかな放射状線がなんともいえないごちそう感を醸（かも）し出す）

すべて混ざり合った給食の冷やし中華を見つめる甘利田の脳内に、お店で出てくる綺麗にレイアウトされた冷やし中華の皿が浮かぶ。

（あの形は残念ながら給食の冷やし中華には無理だ。どうしても混ぜ合わせ冷やし麺みたいな見た目になってしまう。あとは薬味も本音ではほしいところだ。練りからしやわさび、マヨネーズなど少しでもあれば……またぐっと違った局面を迎えるが）

手を加えたい気持ちを追い払うように、甘利田は器を持って口に運ぶ。

（だがそんなことは、贅沢だ。口に入れれば同じこと。何せ今日の冷やし中華は、格別にうまい）

麺を啜り、具材をかき込むようにしてガツガツ食べる。口いっぱいの冷やし中華を、満足気に咀嚼する。

（あらかじめ、麺はそこそこ冷やしておいてくれているのが嬉しい。本来は茹でた中華麺を冷水でしめるのだが……それが叶わない代わりにという、配膳室の気遣いだ。このひと手間の違いだけで、冷やし中華の装いが随分変わってきてしまう。冷えた汁物の代表作こそが冷やし中華。なので毎年、中華屋の軒先に貼り出されるあの告知に、誰もが胸躍らせるのだ。皆心を一つにご唱和願いたい——冷やし中華、始めました！）

しっかり嚙み締め、飲み込むと、続いて春巻きにかぶりつく。

すでに冷めた春巻きだが、外側はパリパリとした食感がしっかり残っている。豚肉の旨味、タケノコの歯ごたえ、椎茸のダシがトロリとした餡でしっとりとまとまっていた。餡でふやけた皮と、パリパリが残っているところとの食感の違いがまた楽しい。

（これもいい。中華春巻き。いつものように冷えている。熱が抜けているのもこんな日は格別だ。豚肉、タケノコ、椎茸などを炒めて調味し、小麦粉の皮で包み揚げした一品。外はパリパリ、中はしっとりが鉄則だ）

酸味の存在感の強い冷やし中華に対し、中華春巻きは旨味がしっかりした塩辛さ。違う中華を味わい、甘利田は幸せそうに食べていく。

（立春の頃、厳しい冬を乗り越えて新芽を出した野菜が使われたことから「春巻き」と呼ばれるようになった。英語で「スプリングロール」。超直訳。夏なのに春巻き。スプリングハズカムだ！）

　春巻きで盛り上がったところで、冷やし中華の器をトレイ中央に配置する。

（では、一気にいくか。いざ！）

　先割れスプーンを構え、再び冷やし中華を啜る。咀嚼して食べ終えると、また春巻きに戻り、残りを一気に平らげる。デザートのスイカにも食らいつき、赤い色をした果肉ギリギリのところまで食い尽くすと、牛乳を一気に飲み干した。

　空になった瓶牛乳をトレイに置く。

（暑さゆえ……冷やし中華で……夏の仕上がり……）

　食べ終えたトレイを見つめ、一句詠んだ甘利田は椅子の背もたれに倒れると目を閉じた。

（ごちそうさまでした）

　満足気に心中でそう呟くと、しばし余韻に浸る。

（いささか子供っぽい食べ方になってしまったが、まあ良しとしよう）

　本日の給食に対する自己評価を下すと、甘利田は目を開けた。まだ食べている生徒たちが多い教室を見渡し——神野のことを思い出した。メガネをかけ、神野に注目する。

（ん？）

　神野のトレイには、冷やし中華があった。今甘利田が食べ終えた、「混ぜ合わせ冷やし麺」ではなく、キレイに整えられた「あの」冷やし中華だ。

器の中央に、黄色い麺が鎮座し、その上にすべて細切りで揃えられたハム、キュウリ、中華クラゲ、錦糸卵、紅ショウガが、それぞれ放射状に色分けされて載っている。元々スープに浸かっていたため多少茶色く見えるが、そんなことなど気にならないくらい完璧な配置。

中華屋で見る、冷やし中華だ。

（なんだとー！）

甘利田が驚愕(きょうがく)する中、神野はほぐした麺と並べ終えた具材の上から、中華スープをゆっくりかけている。

（それは……冷やし中華そのものじゃないか）

中華スープに浸った、完璧な形の冷やし中華が完成した器を、神野はニッと笑って少し持ち上げた。

（見せつけてやがる……くそっくそっ、そんなやり方があったのか）

悔しさをにじませる甘利田は、食べ始めた神野をじっと見つめる。麺を啜る音が、とてもおいしそうに甘利田の耳を刺激した。

（……いや、少し考えて、少しの手間を惜しまなければできたはずだ。奴がやったのは、単に食器を移し替えて、形を整えただけだ）

そこまで考えて、甘利田は何かが引っかかった。この状況に似た話を、どこかで聞いたような気がしたのだ。

『形が間違っていると、中身も伝わらないと思うんです』

フラッシュバックしたのは、あの高圧的な南に意見した、神野の言葉。

（あそこから伏線は張られていたのか……形から入ることにも意味があると、奴は確かに言っていた。そしてそれを、実現させている）

あのときの甘利田は、ただ高圧的な態度の南と熱いバトルをすることで、冷たい冷やし中華をより楽しむことだけを考えていた。神野の言葉に特別な意味を見出すという意識はなかったのだ。

今、あのときの言葉を体現し、普段以上に輝かんばかりの笑顔で冷やし中華を食べている神野を、甘利田はただ見つめている。

（なんとうまそげなんだ。まったく同じものなのに、こうも違うのか。なぜ私は、手間を惜しんだんだ。配膳室が麺を冷やすというひと手間を惜しまなかったように、私には、私のやれることがあったはずだ……）

南と熱いバトルを繰り広げることで、宗方はスッとしたと言っていた。熱くなることで、甘利田自身も冷やし中華をおいしく感じられた。甘利田の行動そのものがすべて間違いだった、わけではない。

　しかし冷やし中華における大事な「正しい形」に近づける努力を怠ったという事実が、甘利田を打ちのめした。

　自分のことを振り返り、不甲斐（ふがい）なさに歯噛みする。それでも視線を外さず見ていた神野が、手元で何かやっていることに甘利田は気づいた。

　手元に注目してみると――そこから取り出されたのは、マヨネーズの小袋だった。

（マヨネ――！）

　手早く小袋の封を切ると、勢いよく冷やし中華にマヨネーズを回しかけていく。

（マヨネーズビ――――ム！）

　勢いよく飛び出して冷やし中華を彩っていくマヨネーズと一緒になって、勢いとテンションが上がっていく甘利田の心中。

（そんなもの、どこから調達した？　また配膳室からくすねたのか？　それとも以前の余りを保管していたのか……許せん行為だ）

　常節中学時代、神野は今回と同じように、その日のメニューにはないものを、配膳室から拝借して使っていたことがあった。当然今と同じように、よりおいしそうになってしまい、甘利田にしてみれば羨ましいやらけしからんやらで、複雑な心境になっていた。

（……だがしかし、今日という日にプランを考えるなら、準備するのもうなずける話だ。

だって、めちゃくちゃうまそげだもの。冷やし中華にマヨネーズは、うまいに決まっているもの。そう感じるのが、人間だもの）

そして今回、甘利田はただ「おいしそうだ」と羨ましがるだけでなく、その「準備」のなせる技を素直に認めている。自分と相反していると、思っていたはずの神野を。

そうこうしているうちに、神野は手を合わせ「ごちそうさま」と呟いた。完食したのだ。

（また……負けた……）

自席に座ったまま、甘利田はまたもガクリと肩を落とすようなだれるのだった。

放課後。生徒たちが下校する中、甘利田は誰もいない配膳室を覗き込んでいた。

入り口近くの棚（たな）を見上げると、「マヨネーズ」と黒の油性ペンで書かれた段ボール箱が視界に入ってくる。

「……」

その存在を確認すると同時に、甘利田の背後に気配が近づいてきた。顔を廊下に向けると、歩いてきたのは神野だと気づく。

しっかり甘利田と目が合った神野だったが、珍しくバツが悪そうに目をそらした。小声で「失礼します」と甘利田に声をかけると、逃げるように足早に通り過ぎようとする。

「神野」

甘利田が呼び止めると、神野はビクリと肩を震わせ足を止めた。

「何かやましいことでもあるのか」

甘利田の問いに、神野は答えない。

「やましいと感じるようなことはするな」

「やましいわけではありません。給食をおいしく食べることは、僕にとってライフワークですから」

「じゃあなんでコソコソする」

「それは……ちょっと後悔しているからです」

「それをやましいというんだ」

そう甘利田は切り捨てるが、神野はすぐに「違います」と力強く否定した。

「マヨネーズの備蓄があることを、先生にも教えてあげればよかったと……後悔しているだけです」

予想外の言葉に、甘利田は「なんだと」と目を見開いた。

本人が言うように、神野は給食をおいしく食べることを第一に考えている。常節中学時代から現在に至るまで、そのスタンスは一切変わっていない。その頃にも、備蓄を持ち出した神野を甘利田は注意したことがあった。

そんな甘利田相手にも、神野は自分のスタンスを貫き通し——同じ給食を愛する者として、接していた。

「だって、やっぱり冷やし中華にはマヨネーズですから」

自分の考えを信じて疑わず、笑顔の神野はさらにそう続ける。冷やし中華にマヨネーズをかけている神野を羨ましく思っていた甘利田のことを、知っているかのように。

「失礼します」

最後に再びそう言い残し、去っていく神野。その後ろ姿を、甘利田はただ見送ることしかできなかった。


下校時間からさらに時間が経ち、教員のほとんどが帰り人が少なくなった――職員室。

宗方は、自分のデスクに一人残っていた。彼女の視線は――デスクに載った、ポケットカメラに向いている。

甘利田が、帰り道に駄菓子屋で買い食いをしているところを写したカメラだ。

「――お、カメラですか」

背後からの突然の声に、宗方は慌ててカメラを引き出しに押し込めた。明らかに不自然な挙動の宗方だったが、声の主――箕輪は気にせず話を続ける。

「私、始めたいんですよ、カメラ。今度教えてくださいよ」

明るく話しかけてくる箕輪に、宗方は「いえ、これは……」と困ったように言葉を濁す。

「引退前に趣味、見つけないと。花の写真でも撮りまくろうかってね。何も夢中になれるものがないから。本当に甘利田先生みたいな人が羨ましいですよ」

何の気なしにといった様子で出てきた甘利田の名前に、宗方がピクリと反応する。

「……甘利田先生は」

不安そうな宗方に、箕輪は「はい？」と返す。宗方は続けた。

「……私、わからなくなってきてしまいました」

何がどういうことなのか何も伝わらない、宗方の言葉。だが箕輪は、笑顔で答える。

「……いいじゃないですか」

何の説明にもなっていない言葉に、何の根拠もない肯定。なんとも言えない気持ちになった宗方は「よくはないです」と不満気に返す。

「わからなくなったら、とことん付き合ってみればいいんです――少しだけ、優しい目で見て」

中身のない言葉のように聞こえるのに、箕輪の穏やかな声音は妙に宗方の胸に沁み込むのだった。

今日も今日とて、甘利田は駄菓子屋で買い食いをしていた。ベンチに一人で座り、「よっちゃんイカ」を食べている。

（駄菓子の定番、よっちゃんイカ。甘酸っぱい酢漬けのイカが今日の敗戦の心を癒す。ちなみによっちゃんイカと呼ばれることが多いが、正確にはカットよっちゃんシリーズの一つである）

甘味と酸味の絶妙なバランスを楽しんでいると、お春が店から出てきた。

「ほれ」と声をかけたお春の手には、マヨネーズのボトルが握られている。意図が分からず、甘利田は首を傾げた。

反応のない甘利田に構わず、お春は甘利田が手に持っているよっちゃんイカにマヨネーズを垂らした。その行動に驚く甘利田を尻目に、お春はそのまま店の中に引っ込む。

真っ赤なよっちゃんイカに、白いマヨネーズ。紅白のコントラストは悪くないが、未知なことに変わりはないので、甘利田は恐る恐るマヨネーズ付きよっちゃんイカを食べる。

甘酸っぱいよっちゃんイカ本来の酸味と、マヨネーズのなめらかでありながら濃厚な酸味が混ざり合い――うまい。予想外のおいしさに、甘利田は目を見開いた。

（マヨネーって……すげえな）

内心で感嘆していると、野良犬シンゲンが甘利田の近くまでやってきた。シンゲンの首の後ろを、慣れた手つきで撫でてやる。何度も駄菓子屋に通ううちに、甘利田はすっかりシンゲンに懐かれていた。

（私は給食が好きだ。給食のために学校に行っていると言っても過言ではない。そんな私

を毎回へこませる、もう一人の給食道の求道士、神野ゴウ）

甘利田が最良だと思った行動の、常に先を行く。その悔しさや敗北感に打ちのめされる一方で――以前感じた同志としての感覚も、少しずつ目覚めつつあった。

しかし。

（奴と私は――永遠のライバルである）

甘利田は、今一度そう強く意識する。たとえ、同じ給食道を歩む者同士で、冷やし中華にはマヨネーズ派という共通点があったとしても――ただ屈するつもりはない。

負けを認めるだけでは、今まで積み重ねてきた自身の給食道に反することになる。

いかに認めるべきところのあるライバルだったとしても――すべてを受け入れるのは、難しい。

メニュー六

南から来た謎の献立

この日の黍名子中学校三年一組の生徒たちは、とある公園に来ていた。手にホウキやバケツを持って整列している。

生徒たちの前には、学校から公園まで先導していた甘利田と、四〇代くらいの男性の姿がある。柔和な顔つきから、世話好きそうな印象を受けた。

「今日は皆さんに、この公園の清掃と花壇の手入れをしていただきます。私は地域の青年団におります、工藤と申します」

言いながら男性――工藤は胸のポケットにつけた身分証をつまんで生徒たちに見せる。

「こんなおじさんなのに青年団っていうのも変だけど、どうぞよろしくお願いします」

そう締めくくると、生徒たちも「よろしくお願いしまーす」と返した。声に覇気はなく、そこはかとなくダルそうな雰囲気だったが、工藤は特に気にした様子もなく続ける。

「では、二手に分かれて作業しましょう。公園のゴミ拾いチームと、花壇の手入れチームに分かれてください」

指示が出されると、生徒たちはどうしようかと周りをうかがい始めた。そこに、甘利田が一歩前に出る。

「一班から三班は花壇だ。四班と五班は公園清掃。ただちにかかれ」

甘利田のビシッとした声に触発されたのか、迷っていた生徒たちは素早く移動を始める。

「さすが先生だ。生徒さんたちの扱いがうまい」

そんな生徒たちを、工藤は感心するようにうなずきながら見送った。


甘利田は、清掃チームの様子を見て回ったあと、花壇へやってきた。神野も花壇の作業に参加しており、雑草を抜いている。

「ここは毎年この時期に種をまいて、秋にコスモスが咲くようにしています」

神野たちの後ろには工藤が立っており、指示を出していた。

「まずは雑草を丁寧に抜いて、種まきの下地を作りますから、皆さんよろしくお願いしますね」

工藤の話を聞きながら、花壇の草を抜いていく生徒たち。その様子を見ていた甘利田の視線が、ふと抜かれた草に向いた。

「いいんですか。これ抜いて」

近くにいた工藤に甘利田が声をかけるも、「いいんですよ」と即答された。

「しかしこれ……アサガオでしょ」

「大丈夫でしょ」

「大丈夫な根拠は？」

「カン」

少しも迷いのない工藤に、甘利田は眉間に皺を寄せ「カン？」と繰り返す。

「私、カンが冴えてますから。先週も万馬券まであと一歩だったんですよ」

当たってないならカンが冴えているとは言えないのでは。とは言わず、甘利田は続けた。

「花壇の手入れは、イチかバチかでやるものですか」

「不確かなものはカンで行くしかないでしょう」

さらりと言うと工藤は「さあみんな、抜いた雑草はこのビニール袋に入れてってください」と袋を差し出す。甘利田は、それ以上口を出すのをやめた。

ひと通り生徒たちの様子を見たあと、甘利田は近くのベンチに腰を下ろす。

（私は今日、悩んでいる。心から愛する給食に向けて、心身ともに充実させていきたいのだが……それ以上に心配な頭痛の種がある）

ダラダラ雑草抜きや清掃をしている生徒たちを眺めながら、甘利田は物思いにふける。

（今日の献立……メインディッシュのことを、私は知らないのだ。初めてのメニュー。名前だけでどんなものかずっと想像しているのだが、どうもイメージが定着しない）

生徒たちがダラダラする中、一人工藤は元気そうで、生き生きした顔で生徒たちに指示を出している姿が目に入る。

（カン、か……不確かなものはカンでいく。確かにその要素は否めない。だがそのカンが

恐ろしく外れたときのリスクを考えると不安だ）

先ほどの工藤との会話を思い返して、甘利田の眉間の皺が深くなった。

それから時間が経過し——作業はすべて終わった。甘利田の指示で再び生徒たちは整列し、その前で工藤が話をしていた。その手には、生徒たちが抜いた草を入れたビニール袋を持っている。

「皆さん、作業ご苦労さまでした。おかげで、公園がきれいになりました。ぜひこれからも——」

工藤の話の途中で、「ちょっと！」とヒステリックな声が上がった。公園出入口にある花壇の近くだ。自然と、皆の視線がそちらへ向く。

そこには、手持ちの小さなシャベルや軍手など、園芸に使う道具を各々携えた、数人の中年女性たちがいた。花壇を見て、怒りや悲しみが織り交った声を出している。

その一人、リーダー格と思われる中年女性が、工藤や生徒たちを見て声を上げた。

「これ、どうなってるのよ！」

意味がわからないとばかりに首を傾げ「はい？」と答える工藤。

「アサガオ、全部なくなってるじゃない！」

中年の女性——のちに白滝正江という名だと知ることになる女性の怒声に、生徒たちはすっかり静まり返った。

「やっと芽を出したのに、何、あんたたちが抜いちゃったの？」

白滝がそう言った瞬間、工藤は持っていた雑草入りのビニール袋をサッと後ろ手に隠した。同時に、白滝たちがズンズン近づいてくる。

「責任者は誰？　これちょっと問題よ」

白滝がさらに声を上げると、工藤は少しずつ後ろに下がっていく。近くにいた甘利田を盾にしているようにも見える動きに気づいたようで、白滝たちは目をつり上げて工藤のほうへ向かっていく。甘利田は涼しい顔でそれを見送った。

結局途中で追いつかれた工藤は、白滝たちに回り込まれ、追及を受けることになった。生徒たちは、それを見て面白がって笑っている。そこには神野もいたが、他の生徒たちとは違い、笑っている様子はなかった。

そして甘利田は——己のカンを信じた工藤の末路を見て、思う。

（カンで決めつける怖さを——今知った）

公園清掃や花壇の手入れが終わり、生徒たちと共に甘利田も黍名子中学校に戻ってきた。職員室の自席に座ると、甘利田はいつもと違って慎重に、献立表を取り出す。

未知のものと相対するように緊張して、今日の日付に書かれたメニューを見つめる。

（何度見ても、間違いない。初めてにして謎過ぎるメニュー、インド煮）

その文字を、切羽詰まった表情で見つめる甘利田。

（インドという地名とおよそ似つかわしくない、煮るという動詞との組み合わせ。インドと親交の深いどこかの地方の名物メニューだろうか。ごくごく普通に考えればカレー煮ということになるだろうが、ならばそう書けばいいはずだ。わざわざインド煮とネーミングしているのには、きっと何か意味がある。ここ数日、辞書や文献を調べてみたが、この言葉にはついにたどり着けなかった）

しっかり下調べをする甘利田のこだわりをもってしても、今回はわからなかったようだ。

（一体、どんな献立なのか……想像力だけが、無駄にかき立てられる）

いつもの、好きなメニューによるハイテンションではなく、わからないからこその高ぶりを、甘利田は目を閉じ、天を仰ぐことで抑えつける。

（落ち着け。カンで決めつける怖さを、ついさっき体感したばかりではないか。不確かさを確かさに近づける努力を惜しむな。答えにたどり着くには、さらなるリサーチか）

次の行動を決めた甘利田は、目を開けて横を向いた。献立表に向き合う甘利田を観察していた宗方の顔がある。しっかり目が合っていたが、宗方は目をそらした。

「なん、ですか……」

じっと見ていたことが後ろめたいのか、甘利田と目が合ったことが気まずいのか、宗方は歯切れ悪くたずねる。

「宗方先生にとって、インドとはなんですか」

しかし甘利田にとって、宗方の心中などどうでもよかった。インド煮についてのリサーチを始めた甘利田に、宗方は「は？　インド？」と間抜けな声を上げる。

「はい」

「……特になんでもありませんけど」

とりあえず、「宗方自身とインドには、何か関係があるか」と受け取った上での回答のようだ。何を聞かれているのか、宗方自身も理解できていないのだろう。

「質問を変えます。インドと聞いて、何をイメージしますか？」

答えようのある質問になったからか、「えーっと」と少し考えてから宗方は答える。

「……ヨガ？」

「ヨガ？」

「ええ。あの、体操みたいな」

「なぜですか？」

「インドって神秘的なイメージがあるんで、あのゆったりした動きが思いつきましたけど」

宗方の答えに感じ入るものがあったのか、「神秘的……」と繰り返し、考え込む甘利田。

「あの、今の質問って何か意味があるんですか？」

逆に宗方から問われると、甘利田は「いえ、特に」と即答するのだった。そこで、甘利田と宗方の会話は途切れる。

気を取り直すように、宗方は別の話を切り出した。

「このあと、一組の受験ガイダンスに行きますから、甘利田先生も同席願えますか」

きびきびした口調の宗方だったが——甘利田は、一切聞いていなかった。明後日の方向を向き、自分の問いに答えた宗方の言葉について、考えている。

「本当は、受験に関しては、まず担任の先生がやってほしいんです。私が三年全員を、ずっと指導することなんてできないんで」

宗方はそこまで続けて、ようやく甘利田の様子に気づいたようだ。「先生、聞いてますか？」とさらに声をかける。

その瞬間、甘利田がハッと何かに気づいたように目を見開いた。

「神秘的とは、不思議な……とも言い換えられますか？」

宗方に声をかけられていたことに気づいた、というリアクションではなかった。驚きながらも反射で宗方は「は？　まあ、そうですかね」と返す。

甘利田にとって良い反応だったのか、急に立ち上がると、そわそわした様子でまた何かを考え始めた。

「ちょっと先生……次の時間、同席してくださいね」

念を押す宗方の言葉にも、甘利田は一切反応を見せなかった。


その後、宗方は甘利田に話した通り、三年一組の教壇に立っていた。

黒板には、公立高校、私立高校の受験時期や、受験に影響を与える定期試験の時期など、受験に向けて大事になってくる事柄についての、タイムテーブルが書かれていた。

「皆さん、まだ油断している人がほとんどだと思いますが……もう高校受験は始まっています」

書き終えた宗方は、真剣な顔で教室を見渡しながら話をしている。眠そうにしている甘利田も、自席でそれを聞いていた。

「まず一番大事なのは、目標とする高校を決めること。その際、変な妥協はしないこと。自分だったらこのくらいか、なんて思わないで、自分の成長にきちんと期待して目標設定をしてください。ゴールのないフルマラソンは苦痛でしかないのと同じで、目標があるから、人は頑張れます」

熱のこもった声で語る宗方に対し、三年一組の生徒たちはぽかんとしていた。言われていることの半分も理解していないといった様子だ。ただ真面目な話なので聞くだけ聞いている、という生徒が大半だった。

宗方はそのことに気づいていないのか、さらに言葉に熱を込めていく。

「今から準備をしたほうがいい、大きな理由が一つあります。高校入試の出題範囲は、中学全学年の内容ですが、なんとその六〇から七〇パーセントが中学校一、二年生でやった内容なんです。ところが実際に三年になると、過去の単元を探ろうとはなかなかしません。だからこそ、早いうちに復習しておく必要があるんです」

すでに興味をなくして筆記用具を弄ったり、半分寝ていたりする生徒が多い中、神野だけはしっかり宗方を見て、じっと聞き入っていた。

「人の意識というのは、そんなに簡単には変わりません。今すぐ受験を意識しろと言っても難しいかもしれません。そんなときに重要になってくるのが、計画です」

そこまで言うと、まず宗方は人差し指を立てる。

「なんのために、いつまでに、何をするのか。この三つを念頭において、具体的な計画を立ててください」

人差し指、中指、薬指と三本指を立て、計画における大事な三つを表現する。

「計画的に時間を区切って使うということが、成功のカギになります。わかりましたか?」

教室全体に呼びかけると「はーい」と、すかさず返事をする三年一組。先ほどまでの様子では口だけの返事という生徒が大半だろうが——宗方は満足気にうなずくのだった。

そんな顔のまま、ふと宗方が甘利田のほうを見ると——眠そうだった甘利田は、瞼を閉じてぐっすり眠っていた。

宗方が険しい顔つきになる前に——神野が挙手した。視界の隅に捉えていた宗方は「はい、神野くん」と声をかける。それと同時に、甘利田は目を覚ました。

「僕は、なんでも計画通りになるとは限らないと思います」

教室全体が宗方の話を理解したような反応だったためか、神野の言葉に宗方は「え？」と戸惑うような声を漏らした。

（……どういう意味だ？）

神野の言葉をしっかり聞いていた甘利田も、怪訝そうに神野を凝視していた。

「計画して予想通りになるのもいいけど、そうじゃないから面白いということもあるんじゃないかと思いました」

神野がそう言うと、甘利田は何かを悟った。

（こいつ……インド煮のことを言ってるな。未知のメニューに無駄な詮索は不要とでも言いたいのか。バカめ。大人はきちんと計画を立て、未来予想図を描くのだ。行き当たりばったりの無鉄砲が許されるのは子供のうちだけだ）

寝ていたように見えて、意外と甘利田は宗方の話も聞いていたらしい。

当然宗方には、神野が給食のことを話しているなどと想像できるわけもなく、「いや、あのね」と改めて説明しようと口を開こうとした。

その瞬間、終了時間を知らせるチャイムが鳴った。甘利田は素早く立ち上がると「学級委員」と声をかける。容赦ない切り替えに「え……あ……」と宗方が戸惑う。

「起立、礼！」

皆川が号令をかけると、生徒たちもそれにならう。甘利田は宗方に会釈すると、足早に教室を出て行く。甘利田の頭は、再びインド煮でいっぱいになっていた。

（インドとは神秘の国、そして神秘とは不思議とも言い換えられる。つまりインド煮とは、不思議な味に仕上がった煮物だ。日本人の味覚にとっての不思議とはなんだ……）

真剣な表情でそんなことを考えながら、甘利田はそのまま廊下を突き進むのだった。


休み時間の、配膳室前。神野は考え込むように眉間に皺を寄せながら腕を組み、立ち止まった。ふと窓の外を見ると、太陽の光が降り注いでいるのが見え、眩しさに目を細める。するとそこに、配膳室から牧野が顔を出した。神野に気づき、イタズラ好きの子供のように笑って声をかけた。

「何か考え事かしら？」

「あ、いや」

「わかるわよ。今日のメニューでしょ」

「……はい。初めて聞くメニューなので」

「素直でよろしい。誰かさんとは大違い。いいわ、教えてあげる」

嬉しそうに配膳室から出てきた牧野に対し、神野は牧野の勢いを制するように「待って」と、慌てて手を突き出した。

「それだと、楽しみが減ります」

メニューそのものの詳細を話そうとしたのを止めた神野に、「へえ、じゃあヒントだけ」と牧野は笑う。

「お願いします」

「この時期だからこそ……逆にアリかなって感じ」

得意気に言う牧野に、神野は「……逆にアリ」と言葉を繰り返して考える。

「私は、夏にあえてこういうの、好きだな」

「うーん」

「あれ、却って悩ませちゃった？」

「いえ……仮説は立ちました」

「カセツ？　なんか難しいこと言うのね」

少しスッキリした顔の神野に、牧野は感心したように言う。そんな反応をスルーして、神野はさらに続けた。

「すいません、一つお願いがあるんですが」

その「お願い」を、牧野は快く引き受けるのだった。

神野がそんな「お願い」をしている一方、甘利田は校庭の隅にある花壇に来ていた。太陽が上がり切る前だからか、陽の光はまだそこまで強くない。花への水遣り(みずや)に適したギリギリの時間、といったところだ。

ジョウロを使って花に水をやりながら悶々(もんもん)と考え込んでいる甘利田のもとに、箕輪がやってきた。手拭いの上に麦わら帽子姿で「いつもご苦労様です」と声をかけてくる。

「花たちも喜んでますよ。おいしい、おいしいってね」

「おいしい？」

「夏は暑くて、植物だって疲れます。いつも腹を空かせている。人だってそうです。暑いとバテるから腹が減る」

水を浴びている花たちを見ながら、箕輪は嬉しそうにうなずく。

「あれですよ、海の家のラーメン。あれは不思議とうまい」

箕輪が口にした単語に、甘利田はピクリと反応した。

（不思議！）

思わず胸の内で叫ぶ。

「冷静に食べれば、大してうまくないんでしょうけど……泳いでから浜で食べるラーメンの不思議なうまさ。あれみたいなもんでしょうな」

しみじみと言う箕輪の言葉に、甘利田は雷に打たれたような衝撃を受けた。

（インドの神秘、不思議にうまく感じる魔法の煮物。海の家のラーメンは夏の浜辺というシチュエーションとラーメンという中華料理の組み合わせ自体に非日常的な不思議感があり、がゆえに実力以上のうまさを醸し出す。つまり……）

衝撃のままに考えが深まっていく甘利田の手のジョウロから、水がなくなった。わずかに残った水がポタポタと落ちていく。

「あの……先生？」

水がなくなってもジョウロを傾け続ける甘利田に、箕輪が声をかける。

（給食というシチュエーションではあまりなじみのない、その不思議さゆえに神秘の国インドの名前を冠した煮物ということか。給食で登場しない煮物とはなんだ……）

考え続ける甘利田を気にせず、箕輪はふと何かひらめいたように口を開く。

「あとあれですな。ラーメンは寒い日にうまいって感じなのに、真夏に食べるから却って面白いというのもありますよね」

再び走る衝撃に、甘利田は目を見開いた。

（……見えた）

何かを悟った甘利田の手から、ジョウロが落ちた。その反応に「あ……ちょっと甘利田先生？」と箕輪は戸惑いの声を上げる。

（夏に絶対出ない煮物——それは、おでんだ！）

自分の答えに噛み合う感覚を得た甘利田は、思わず駆け出した。ジョウロもそのままに置いて行かれた箕輪が「あ、先生！」と声をかけてきても、聞こえることはなかった。

そのまま校内に戻り、早足で廊下を歩いていく。

（間違いない。真夏におでんという不思議さ。それをあえて神秘の国インドになぞらえたセンス。なんという形而上的な奥深さだ。もはや宗教的ですらある。ここまで来たか、給食センター）

自分の行きついた答えに疑う余地はなく、甘利田は確信に満ちた笑みを浮かべる。

（おそらくおでんを前にした生徒たちは驚くだろう。インド煮って、おでんかよ、と。子供たちはその時点で思考停止するだろう。しかし私にはわかる。毎日のおかずはどうしてもマンネリになりがちだ。言葉一つで好奇心を刺激して、その実力の何倍もの期待を演出できる）

嬉しさに、甘利田の頬がさらに緩んでいく。

（何が嬉しいって、その謎を解いたことだ。複雑な数式を解いた快感に匹敵する。こうなったら、今日は食べる直前まで、インド煮との対面を避けよう。そして満を持して、我がベストアンサーと向き合おうではないか）

そう決意した甘利田は、職員室に向かっていた足を方向転換させ——姿を消した。


しばらくすると——四時間目終了のチャイムが鳴り響いた。

いつも通り、給食係が白衣で配膳室へ急ぎ、他の生徒たちは机をグループ分けの配置にしていく。男子がふざけ合いながら配膳の列に並ぶ中——そこに、甘利田の姿はなかった。

変わらず黍名子中学校校歌が流れ始めても、自席に甘利田はいないまま。

甘利田が三年一組に戻ってきたのは、「いただきます」も終え、生徒たちが給食を食べ始めた頃だった。

給食が始まるギリギリまで、甘利田はとある場所に閉じこもっていた。校内放送で聞こえる校歌をいつも通りパワフルに歌い、目の前に給食はないのに「いただきます」と告げてから、教室に戻ってきたのだ。

騒がしかった教室が静まり返る。皆、給食を食べる手を止め、甘利田に注目していた。

甘利田が——視線を天井に向け、トレイを視界に入れないように自席に歩み寄っていたからだ。その口元には、笑みが浮かんでいる。

(静かだ。こいつら、さぞかし驚いていることだろう。何せ、真夏におでんだ)

自分の答えを信じて疑わない甘利田だが、「食べる直前までインド煮との対面を避ける」という決意は変わっていないようで、口呼吸に切り替えていた。一時的に嗅覚を遮断し、対面する前に匂いで気づくということを避けるためだ。

（しかもインド煮とはどういうことだと戸惑っている。わかるぞ。毎日短絡的に生きているお前たちには、今日の献立は荷が重かった）

謎の姿勢で悠然と歩を進める自分に注目しているから静かだということに、甘利田は気づきようがなかった。

甘利田の席には、しっかり給食の載ったトレイが用意されていた。誰かが気を利かせたらしい。トレイの存在には気づいているものの、まだ甘利田の視線は天井を向いている。

（いざ、インド煮と相まみえん）

笑みの浮かんだ顔が、トレイと相対した瞬間――甘利田の目は、大きく見開かれた。

メインのおかずである、インド煮は――ジャガイモ、コンニャク、さつま揚げ、うずらの卵の煮物だった。ただし、解放した嗅覚が感じた匂いは、普通の煮物と違った。

（これは……まさか……）

醬油ベースではなく、赤と黄色が混ざった鮮やかな色に見える。甘利田が器を震える手で持ち上げ顔を近づけると、食欲をそそるカレーの匂いがさらに鼻をくすぐった。

（おでんじゃ……ない……単なるカレー煮じゃないか！）

先割れスプーンを手に、器の中の具材を確認する。

（これは……カレー煮だろう。なんだよインド煮って。カレーだからか。インドイコールカレーだからか。そんな短絡的なことだったのか。それは……だってそれは……）

器を持った手だけでなく、甘利田の全身が震えた。

（いちばん、最初に、思ったことじゃないか！）

トレイに器を置くと、震えていた身体から力が抜ける。甘利田は給食を前にうなだれた。

（考えすぎた。カンを信じればよかった。というか普通に素直に考えるだけでよかったんだ。トンチの効いたネーミングのはずと深掘りして勝手に妄想し、無駄なリサーチをし、強引に答えを導き出し、そうに決まっていると無根拠に信じた。今日一日、なんだったんだ……）

確信を持った自分の答えが間違っていただけでなく、最初に思いついた答えの可能性を信じられなかった自分に失望し、甘利田はしばらく動けなかった。その後、気を取り直したのか、深呼吸して目を閉じる。

（予想は外れたが、給食に罪はない。私の浅はかさを反省するのは食後でいいだろう。今は給食を楽しむのだ）

調子を取り戻した甘利田は、いつも通りメガネを外し、トレイを見つめた。

大きな器にはインド煮。その隣の小さな器にあるのは竹輪（ちくわ）の揚げ物——献立には「竹輪の琥珀（こはく）揚げ」と書かれていた——が載っている。コッペパンとジャム、トレイには瓶牛乳が鎮座していた。

（今日のメニューは、紆余曲折（うよきょくせつ）を経て結局カレー煮だったインド煮。初めての献立だが、味は想像できる。絶対にうまいに決まってる。だってカレー味は給食界の頂点に位置するキングオブテイストだからだ。小さなおかずの竹輪の琥珀揚げも嬉しい。揚げ物シリーズの中でも琥珀揚げと言われると、ぐっと期待度が上がる）

早速、インド煮のコンニャクを口に運んだ。コンニャクそのものにさほど味はないが、そこにカレーベースのスパイシーな刺激と香りが染み込んでいる。ぷりっとしたコンニャクの食感も楽しい。

（うまい。ジャガイモとカレーの相性は論ずるまでもないが、コンニャクとカレーがこんなにも合うのか。嬉しい発見だ）

スパイシーなコンニャクを楽しむと、次の具材を掬い上げる。

（そしてこのさつま揚げ。まさかさつま揚げをカレー風味でいただく日がこようとは思ってもいなかった）

感慨深く見つめていたさつま揚げを口に入れた。

（これは……合う。さつま揚げ独特の魚肉練り製品の甘みと、カレースパイスが絶妙のハーモニーを奏（かな）でている。この複雑なスパイシーさは一体……）

未知の味を堪能し、探るように丁寧に咀嚼していく。カレー特有の刺激と香りの印象が強い中で、微（かす）かな酸味を感じ取った甘利田は、その正体に気づいた。

（もしかして、トマトケチャップか。カレースパイスとトマトケチャップをブレンドしているに違いない。これは奥が深いぞ。単なるカレー煮だと断罪したことを深く悔いる。これは考えに考え抜かれて編み出された、必殺技のようなメニューだ）

次に口に入れるのは、うずらの卵。つるっとした食感の白身としっとりした食感の黄身に、カレーのスパイスとトマトの酸味が彩りを加える。嚙めば嚙むほど統一された味わいが口に広がった。

（次から次へと、およそカレー味からは遠い地平に存在していた食材が登場する。このうずらとカレーのコラボもいい。まるで宝石箱（ほうせきばこ）のようだ。こんなメニューがあったとは。今強く思う。おでんなんかじゃなくてよかった！）

ひと通りインド煮を味わうと、丁寧な手つきで器をトレイに置いた。それからジャムの封を切ってコッペパンに塗る。

（そうか……このインド煮というメニューは、給食に関わる人たちの創意工夫の行きついた先なのではないか）

ジャムを塗ったコッペパンを齧って咀嚼していく。

（子供はえてして、煮物が苦手だ。野菜中心になりがちだし、出汁のうまさをわかれと言われても、子供の未熟な舌ではままならない）

しっかり咀嚼し、牛乳で流し込む。瓶牛乳を置くと同時に、改めてインド煮を見つめる。

（そこで子供に人気のカレー味。隠し味にトマトケチャップを使うことで、普段好まない食材でも大いに食欲をそそられるという仕組みだ。イモの煮物もカレー味ならびっくり仰天大好物に早変わり。さすがだと言わざるを得ない。不思議なうまさを演出するという点においては、私の予想もあながち間違ってはいなかったということか）

一度は自分への失望で落ち込んだ甘利田も、今は満足げな笑顔になっていた。続いて、別のおかずを一口齧る。

（竹輪の琥珀揚げ。このメニューの歴史は古い。給食メニューの定番、鯨の竜田揚げは有名だが、実はこの竜田揚げと琥珀揚げはほぼ同じものなのだ。どちらも片栗粉をまぶして揚げている。琥珀揚げと聞くと私は一つ上の高級料理に感じてしまう）

カラッと揚がった片栗粉の衣が、冷めたあともカリッとした食感を保っていた。竹輪の弾力ある歯ごたえと、魚の練り物の甘味と旨味が、安定したおいしさを提供する。

（この名前の生みの親は、食の大家である北大路魯山人。色の美しさが琥珀に似たところがあるので名付けたと魯山人は述べている。琥珀の輝きをまとったのが竹輪という市民ランナー代表みたいな食材なのが嬉しいじゃないか）

竹輪の琥珀揚げをしっかり堪能して飲み込むと、器を配置し直し、深呼吸。

（では行こう……いざ）

先割れスプーンを持ち直し、食べ始めた。インド煮を一気にかき込みつつもしっかり味わいながら平らげ、ジャムのついたコッペパンをむしるように食べ、サクサクの琥珀揚げを噛み砕く。トレイの中のものをすべて食べきると、瓶牛乳を一気に流し込む。

（色々あったが……今日もなんとか、仕上がった……）

牛乳の瓶も器も完全に空になり、しっかり完食した。

（ごちそうさまでした）

背もたれに倒れ、紆余曲折ありつつも給食の満足感に浸ることができた。目を閉じ、その幸せを噛み締める。だがすぐにメガネをかけると、甘利田は神野の様子を確認する。

（あれは……嘘だろ……）

神野の皿の上には、ジャガイモ、コンニャク、うずらの卵、さつま揚げ、一つずつ並べて、三本の串に刺したもの。大きさは本来のものより小さいが、その姿は——

（おでんー！）

インド煮とはどんなものか——甘利田の予想そのものだった。

（どういうことだ……頭を整理しろ。おでんは私の妄想で、インド煮とはカレー煮のことだったわけで……なのになぜ、奴がおでんを製作しているんだ。そもそもなぜ、奴は串を持参しているんだ）

甘利田は、給食前に神野が配膳室に行っていることも、そのときに牧野に何か頼んでいたことも知らない。この反応は当然だ。焦りつつ、頭を振って考えをまとめようとする。

（串を……あいつ、まさか……同じ予想をしていたのか？　奴も、インド煮の謎の答えを、おでんと読んでいたというのか？　だから串を用意した。おでんを、よりおでんっぽく食うために……！）

　串を持ち、神野は串にささったインド煮の具材たちを食べ始めた。その姿を見る甘利田の耳に、ぐつぐつとおでんが煮える音が聞こえるような気がした。

（なんと……うまそうな……ただ串に刺しただけなのに……）

　食い入るように見つめる甘利田に、神野は次の串を見せつけるように掲げた。

（インド煮の正体について考えた奴は、偶然私と同じ答えにたどり着いた。不思議な煮物とは、夏に相応しくない、でもあえて夏に食べると不思議なうまさのおでんだと。答えは間違っていた。だが、そこから奴は……）

　そこまで思った甘利田の脳裏に、ある場面が再生された——受験ガイダンスで、宗方に対して神野が発した言葉。

『計画して予想通りになるのもいいけど、そうじゃないから面白いということもあるんじゃないかと思いました』

　それを思い出した甘利田は、じっと見つめている神野がさらに神々しく見えた。

（予想に反していたにもかかわらず、諦めなかった。外れたおでん予想を自らおでんを作ることで、当たりに変えてしまった……自分が信じたインド煮を、最後まで信じ切った）

事前に準備していた串を活用したことで、神野自身が言っていた通り、「予想通りにならない」ことを楽しんだのだ。

そのことに気づいたと同時に、甘利田は今の自分を恥じる気持ちでいっぱいになる。

（それに比べて私は、予想が違っていたショックで落ち込み、その落ち込みを取り戻すために給食を楽しんで、予想なんてなかったことにしてしまった）

食べ終えるまでは、ただ給食を楽しんでいると思っていた甘利田。だがそのときは気づいていなかった自分の無意識を、自覚してしまったのだ。

甘利田が後悔と羞恥に苛まれる中、神野は串に刺したインド煮のおでんを食べ終え「ごちそうさま」と小さく呟き手を合わせた。

（負けた……今日私は……二度、負けた……）

敗北感と絶望感で身体から力が抜け、甘利田は勢いよく机に突っ伏した。その体勢のまま、給食終了までの時間を過ごすことになるのだった。

放課後——甘利田、そして宗方と真野は、朝三年一組が清掃や花壇の手入れをしていた公園にいた。

花壇には、カンでアサガオを抜く指示をした工藤に詰め寄っていた、白滝と中年女性たちの姿もある。甘利田たちは、彼女たちに交じってアサガオの苗を植えていた。

その作業の合間に、甘利田が二人に声をかける。

「すみません、一組のことなのに……手伝ってもらって」

「学年主任ですから」

当然のように、かといって恩着せがましくもなく、真面目に返す宗方。さらに隣にいた真野も口を開いた。

「でも、不可抗力だったんですよね」

「生徒は無罪ですが、教師は有罪です」

「そうですかね？」

「予測できた事態ですから」

同情的な真野の言葉に対し、甘利田は言い訳をしなかった。

甘利田は、工藤がカンで「大丈夫でしょ」と言っていたとき、そのカンに疑問を持っていた。だが根拠のない自信で押し通され、工藤を止めることはなかった。あのとき止めていれば、アサガオをすべて抜くこともなかったのだ。

カンは、当たることも、当たらないこともある。どんなにリサーチした予想であっても外れるときは、外れる。だからこそ、外れたからこそ楽しむという気持ちも、大事なのかもしれない。神野を見て、甘利田はどこかでそう思っていた。

「……」

「……宗方先生？　どうかしましたか」

視線を感じて甘利田が目を向けると、宗方は「いえ」と短く返す。どこかあたたかな目をしているように見え、甘利田が不思議に思っていると――白滝が声をかけてくる。

「先生たち、休憩しませんか。お茶、入れますから」

手には水筒を持っており、笑顔だった。甘利田たちが真面目に手伝ってくれていることが嬉しいのかもしれない。

渡された紙コップに、冷たいお茶を注いでもらった甘利田たちは、近くのベンチに並んで座った。お茶を啜り、人心地がつく。

すると甘利田は、紙コップと一緒に渡された、ティッシュに包まれたお菓子に目を落とした。

（これは……味カレー）

小麦粉をベースにした生地を、細くてつまみやすい大きさに成形し、カレーメインのスパイスで味付けしたスナック菓子。それが味カレー。

（なんという皮肉だ。インド煮からの味カレー。駄菓子の定番にして永遠のアイドル。子供から大人まで魅了してやまない絶妙なカレーさ加減。なんといってもネーミングが素

晴らしい。カレー味の味を前にに持ってきただけで、途端にうまそげになる）

味カレーを眺めたあと、齧りつく。カリッと良い音が響き、思わず笑顔になる甘利田。

「そういえば先生、今朝インドのイメージとかおっしゃいましたね」

ふと、宗方が話しかけてくる。一瞬何の話かわからなかったが、すぐにインド煮のリサーチのため宗方に質問したことを思い出した。

「は……ああ、そうでしたね」

「インドは……カレーですね」

「今更ですか」

至極真面目にそう言う宗方に、少し笑う甘利田。

「これ、味カレーって言うんすよ。俺大好きっす」

そこに、真野が嬉しそうに話に入ってきた。真野からすると、甘利田も宗方も駄菓子を食べるイメージがないのかもしれない。

「ええ。味カレーは、うまい」

「……ほんと」

真野の言葉をしっかり受け入れる甘利田と宗方。三人揃って、カリッと良い音を響かせて味カレーを食べていく。

自身の判断ミスが招いた、花壇の植え込みの手伝い。本来は甘利田一人だけでやるべきことのはずなのに、宗方と真野も手伝ってくれている。しかも、さも当然のことのように。何においても給食第一な気持ちに変わりはない甘利田だったが――この穏やかな時間を、少し心地よく思っている自分に、この時は気づいていなかった。

するとーーいつの間にか、甘利田にとっては見覚えのある野良犬シンゲンがベンチのそばに現れた。

宗方は血相を変え「きゃあ！」と慌てて立ち上がる。どうやら犬が苦手なようだ。

「こらっ、シッシッ」

そんな宗方を庇うように、真野は手で払うような動きでシンゲンを追い返そうとする。

明らかに敵意のある真野のことなど無視して、シンゲンはとことこと甘利田の前に座った。

甘利田はまったく動じることなく、味カレーを食べ続ける。そんな甘利田を、シンゲンはじっと見つめていた。

（私は給食が好きだ。給食のために学校に来ていると言っても過言ではない。今日は色々あったが、改めて思う。カレーは、最強であると）

もう一つ味カレーを手に取り、じっと見つめる。

（ビバ、インディア。愛の国ガンダーラ）

満足そうに心の中で呟くと、味カレーを幸せそうにまた齧るのだった。

メニュー七

赤飯はめでたいときに

黍名子中学校校門前。生徒たちの姿が途切れ始めた頃、チャイムが鳴った。それを合図に、校門に立っていた教師たちはそれぞれ校舎に引き返し始める。

なんとなく、甘利田、宗方、真野の同学年の担任同士が固まり、校舎へ向かっていく。

すると、遠くから校歌を歌う生徒たちの合唱が聞こえてきた。

「あ、今日は一組が朝練ですか」

いち早く気づいた宗方が言うと、甘利田は「そう聞いています」と答える。

「今日の午後ですよね、合唱コンクール。当日も朝練ですか」

真野が明るい声で言うと、宗方は声のトーンを落とした。

「一組は問題ありって、音楽の島田(しまだ)先生が」

「問題って？」

「やる気の問題じゃないですか」

不思議そうにしている真野に答える宗方は、どこか素っ気ない。

「合唱コンクールなのに、全クラス校歌で競(きそ)うってやっぱり変ですよ。提案者を前に言うのもなんですが」

そう続けながら宗方は甘利田を見た。真野の視線も甘利田に向く。

「だ、そうですよ。甘利田先生」

「合唱コンクールなのに、違う曲で競うのがそもそもの間違いです。同一課題にトライしてこそ優劣がわかる。テストの問題を、クラスごとに変えますか？」

それらしいことを言う甘利田に、「そういう問題ではなくて」と返す宗方だったが。

「合唱コンクールは遊びではない。授業です」

「ですけど……」

引かない甘利田と、納得できない宗方の間にいる真野が「まあまあ、決まったことですから」と入る。

「……その提案者のクラスがやる気なしというのも、どうかと思いますけど」

不満げに宗方が呟いた瞬間、走ってきた一人の生徒が三人を追い越した。慌てているからか、教師の横を通っても挨拶はない。そんな生徒に――

「こらあ！　遅刻だぞ！」

甘利田は容赦なく、怒声を浴びせた。走り去る生徒の背中がビクリと震える。

そして甘利田と共に歩いていた宗方と真野も、突然の怒声に驚き固まるのだった。

ところ変わって、音楽室。宗方の言っていた通り、三年一組は合唱コンクールの朝練をしていた。

眠そうな生徒が多く、全体的にテンションが低い。なんとなく口は開いているが声はあまり出ていない。

ただ一人だけ、背筋を伸ばし、身体を揺らしながら歌っている女子生徒の姿がある。歌好きの俵だ。バラバラで覇気のない歌声の中、俵の歌声はしっかりと音楽室に響く。

そんな俵を、神野は微笑みを浮かべて見つめていた。神野もあまり声が出ていないようだ。給食前に歌う校歌は好きでも、歌そのものが得意なわけではないのかもしれない。

アンバランスな合唱を披露する三年一組を前に、学級委員の皆川は眉間に皺を寄せ、イライラした様子で指揮をしていた。

指揮者の皆川の後ろには、三〇代くらいの女性――音楽教師の島田里香がいた。皆川の背中、そして生徒たち全員を真剣な眼差しで見つめている。

バラバラで覇気のないまま歌い終わると、すぐに皆川が声を上げた。

「ちょっとみんな、本番今日なんだよ。きちんと声出してください」

皆川の声に反応する生徒はおらず、大半はまだ眠いままぼんやりしている。一人俵だけが、達成感に満ちた顔だった。

そこに、島田が「はいはい」と声を出しながら、手を叩いて皆川の横まで出てきた。

「一組は問題ありです。うまくなくていいの。魂がこもっていれば」

島田からの大真面目な発言に、生徒たちは言われた意味がわからないとばかりにぽかんとする。そのまま島田は「俵さん」と呼ぶ。

「はい」

「うまく歌い過ぎです」

クラスの中で一番真面目に、しっかり歌っていた自分が注意されるとは思わなかったのか、俵は「え？」と驚きの声を上げる。

「校歌なんだから、歌いあげなくていいの。愚直に、噛み締めるように歌うのが校歌です」

島田の言葉に、俵は不満を隠そうとしなかった。

「でも、魂とか言われても……どうしたらいいか」

俵に同調するように、的場が「よくわかんねーよ」と不貞腐れた声を上げる。声を上げていない他の生徒たちも同じなのか、不満そうだった。

「……わかりました。では、とっておきの策を皆さんに伝授します。これは、あなたたち一組だけがやれる作戦です」

もったいぶるような、「一組だけ」という島田の言い回しに、三年一組の生徒たちは皆「え？」と近くのクラスメイトたちと顔を見合わせるのだった。

島田が「一組だけがやれる作戦」を伝授してからしばらくして、音楽室の引き戸が開くと、少し慌てた様子の甘利田が入ってきた。

ちょうど、校歌を歌い終わった直後だった。生徒たちの何人かが、甘利田を見て笑う。

「……なんだ？」

音楽室に入ったと同時に笑われ、甘利田は眉間に皺を寄せて生徒たちを見た。そんな甘利田に、島田が駆け寄る。

「甘利田先生、すみません。つい熱が入ってしまって……ホームルームの時間ですよね」

「いえ、ご苦労様です」

島田の言葉に、甘利田が真面目な顔で軽く頭を下げた。

「みんないい感じに仕上がりましたから。ね、みんな」

島田がニコニコしながらそう言うと、生徒たちは「はい」と揃った声で返事をした。朝練の前半は眠たそうでやる気のない生徒が大半だったのに、妙に生き生きしている。

「それは、どうも」

「今日の五時間目と六時間目、合唱コンクールよろしくお願いします」

「時間もあれなんで、ホームルームはここでさせていただきます」

朝練での生徒たちの変化など知らない甘利田の素っ気ない申し出に、島田は「あ、どうぞ」と声をかけて一歩下がった。

甘利田が音楽室にある教卓に立って「日直」と声をかけると、日直は「起立、礼」と号令をかけた。

「朝のホームルームを始める」

出席簿を開いて出欠確認を始めた甘利田を——島田はじっと見つめていた。

(私は、この教師が気になる)

常に無表情か、険しい顔で生徒に接している甘利田に、島田はずっと注目してきていた。

(この人が赴任してから二年、無味乾燥な教師生活に潤いがもたらされた。ただ見ているだけで心地いい。恋とかではない。人間に絶対必要な何かを、この人は持っている。それが何かは……わからない。なぜなら、この人は謎が多すぎるから……)

数学教師と音楽教師だと、あまり接点がない。それでも給食のときの校歌斉唱や、合唱コンクールを校歌で統一するなど、甘利田の行動力そのものは目の当たりにしている。甘利田の行動の根源が給食愛にあると知る由はなくとも、島田の興味を引くには充分だった。

島田がそんなことを思っているうちに、出席確認が終わる。

「いいか。今日は合唱コンクールだが、その直前が給食だ。給食前に校歌を歌い、給食後にも校歌を歌う。これはどういうことだと思う？」

大真面目な顔で、生徒たちにそんな問いを投げかける甘利田。挙手や発言がある前に、

「坂田」と指名された本人が、ぎょっとして慌てた。

「え……と、いっぱい歌う……」

「あ、合唱前は食いすぎ注意で」

「松山」

坂田と違い、へらっとマイペースに答える松山。甘利田の視線が、ふと神野の視線とぶつかる。いつも笑っていることの多い神野だが、その笑みが一層深まった。

目をそらした甘利田は、再び生徒たち全員に向けて口を開く。

「……給食前に食べる喜びを歌い、給食後に食べた喜びを歌う。そういうことだ」

し〜ん、と教室が静まり返る。誰も甘利田の言葉に反応したり、発言したりする者はいなかった。俵が一人だけ、妙に不貞腐れたように頰を膨らませているだけだ。

（先生……意味不明です）

島田は心の中で突っ込みを入れたが、甘利田はさっさと音楽室を出て行くのだった。

職員室に戻った甘利田は、早速献立表を引っ張り出し、こっそり眺めていた。

（今日のメニューは、赤飯（せきはん）。めでたさ満載、祝日のごちそう。私は赤飯がたまらなく好きだ。あのもち米のもちもち感がたまらない）

献立表の入ったハードカードケースを、ハンカチで磨き上げていく。楽しみな気持ちを抑えきれず、徐々に笑みが込み上げてくる。

（初めて食べたのは五歳のとき、七五三のお参りの帰りに立ち寄った店で出された。最初は赤い米に面食らったが、その食感に一瞬で大ファンになった。ちなみにその際、千歳飴を買ってもらえなかったことを私は未だに恨んでいる）

さらにテンションが上がってきて、マイ箸箱を取り出した。箸箱のフタをスライドさせ、リズミカルに開け閉めしてさらにテンションを高めていく。

（どうせなら、何かを祝いたい。何かないか、めでたいこと。あのとき、子供心に意味不明だった七五三だが、赤飯のおかげで一気にめでたい気分になれた。赤飯とは、そういう食べ物なのだ。めでたさとセットで食す。それこそが赤飯！）

テンションマックスの甘利田の顔も、笑顔満点になっていた。

そんな甘利田を、宗方は隣の席でしっかり観察していた。

「先生……甘利田先生」

呆れたような、怒ったような顔の宗方が声をかけると、甘利田はニコニコ笑顔のまま

「はい？」と返事をする。

「今日は、コソコソすらしないんですね」

正確には、献立表を出していた時点ではまだこっそりしていたのだが、テンションが上がっている今、コソコソするという思考そのものが失われているのだった。

「宗方先生は、何かお祝いすることありませんか？」

突然の話題転換に、宗方は「は？　お祝い？」と思わず言葉を繰り返す。

「ええ」

「ありませんよ」

「何かあるでしょ」

「あったとして、それが何なんですか」

「一緒にお祝いします」

「なぜですか」

「祝いたいからです。なんかあるでしょ、ほら」

宗方はつっけんどんに返しているのに、甘利田は笑顔のまま一向に引こうとしない。

「えっと……じゃあ……」

結局宗方は押し負けてしまい、「お祝いすること」を考えることになった。

「……今朝がた、夢を見まして」

「ふんふん」

「洗濯物を取り込むのを忘れてる夢で」

「ふんふん」

「慌てて起きて窓開けたら、取り込んであったんでホッとしたっていう……」

そこまで言って甘利田を見ると——真顔で固まり、ドン引きしている顔があった。

「……え」

「それ、めでたいですか」

真顔のままの鋭すぎる感想に、宗方はムッとしながらも恥ずかしそうに少し声を荒らげる。

「なんかあるでしょって言うから」

「まさか、そこまでちっぽけだとは思いませんでした」

「な、なんでそこまで言われなきゃいけないんですか」

「まったくもって期待外れでした」

きっぱりそう言うと、甘利田は立ち上がってそのまま職員室を出て行った。取り残された宗方がムッとした表情のまま甘利田を見送る。

そんな二人の様子を見て、同じ三年生を担任に持つ真野が、必死に笑いをこらえていた。しっかり顔は笑っているが、ギリギリ笑い声を抑えている。その存在に宗方も気づく。

「ちょ……ひどいですよね」

同意を求める宗方の言葉に、真野は結局笑ってしまい答えることができないのだった。


三年一組は現在、数学の授業中だ。数学担当の甘利田は、生徒たちに小テストをやらせている最中だった。静まり返る教室に、鉛筆のカリカリという音だけが小さく聞こえる。教卓の後ろの椅子に座る甘利田は、教室内に目を向けながら物思いにふけっていた。

（そうか、ズバリ聞けばいいのか）

　ふと思い立ち、甘利田は立ち上がると「やめ」と教室全体に声をかけた。すると生徒たちから「えー」「先生まだ一〇分前です」と不満の声が上がる。

「小テストの途中だが、質問がある。今日が誕生日の者はいるか？」

　突然の質問に、教室がしーんとなる。ぽかんとするばかりで、誰も返事をしない。

「……いないのか？　では今週が誕生日の者」

　誰も手を挙げることはなく、静まり返ったまま。そこで、坂田が「先生」と挙手した。

「誕生日だと、どうなるんですか？」

「バースデイサービスでテスト一〇〇点とか」

　坂田の問いに的場が乗ると、教室内の数人の男子が笑い声を上げる。しかしそんな茶々入れなど無視して、さらに甘利田は続けた。

「では、両親どちらかでも今週誕生日の者」

　誰も手を挙げない。平然としていた甘利田が、少し焦りの色を見せ「では……親戚……」と続けようとしたところで、皆川が手を挙げて立った。

「誕生日を聞いて、何か意味があるんですか？」

　そう言われても、本当のことを言うわけにはいかない。甘利田は「いや……特にない」と答える以外なかった。

「じゃあ、テストに戻っていいですか」

皆川からの発言に「戻れ」と甘利田が全体に伝えると、生徒たちはテストを再開した。

またカリカリと書き込む音だけが響く。甘利田は椅子に座った。

（なんだこのクラス。とことんめでたくないじゃないか。こっちが祝ってやるというのに）

とてつもなく自分本位な思考でしかないのだが、「赤飯を一番おいしく食べたい」という欲求に囚われている甘利田には、気づきようがなかった。

休み時間の、三年一組。神野は自分の席で、いつも通りノートに絵を描いていた。その斜め後ろの席に座る俵が、不貞腐れた顔で神野をじっと見ている。

視線が気になった神野は鉛筆を動かす手を止め、俵に顔を向けた。

「なんか、機嫌悪そうだね」

「神野くんはいいね、楽しそうで」

「俵さんは楽しくないの？」

「そりゃそうでしょ。合唱コンクールで校歌って。それも魂を込めろとかなんとか」

「でも、音楽の島田先生の言ってたこともわかるよ」

神野が率直な意見を口にするが、俵はますます不満そうに頬を膨らませた。

「私は、私の歌を歌いたいの」

「それなら、そうしたらいいよ」

音楽教師の言葉を尊重するようなことを言った神野から、あっさり自分の言葉を認められた俵は「え?」と戸惑ったような声を漏らす。

「自分の好きなものは、大事にしたほうがいい」

そう言われた俵は、途端に呆れたように肩をすくめた。

「これだから歌の素人は。あのね、合唱ってみんな揃って一つの歌を歌うんだよ。揃ってないと意味がないの。だから私、叱られたんだから」

「給食だってみんな同じメニューだけど、自分なりの楽しみ方があるんだよ」

「……でも……誰も褒めてくれないよ。それって寂しくない?」

そう言われて、一瞬動揺したように神野の表情が固まった。

確かに神野は、いつも自分なりの楽しみ方を模索して、給食を食べている。そしてこのときの神野も、今日の給食について色々考えていた。

赤飯。祝いのときに食べる、めでたい食べ物。それをよりおいしく食べるには、やはり祝うことが大事なように思っていたが――

そこまで思った神野の脳裏に、何かがひらめいた。神野の顔が、自然と明るくなる。

「……ど、どうしたの?」

「誰も褒めてくれないなら、自分で自分を褒めればいい」

　確信めいた神野の言葉だったが、俵にはよくわからないのか、きょとんとしている。そんな俵に構わず、神野は再びノートに向かい、絵を描くことに没頭し始めた。

　俵は、その姿をじっと見つめていたのだった。


　この日も、甘利田は校庭の花壇に水をやっていた。雑草抜きをしている校長の姿がある。

「今日の給食、赤飯みたいですね」

　ふと、箕輪が話しかけてきた。まさかその話を振られると思わなかったのか、甘利田は
「ああ、はい」と気が抜けたような返事をする。

「赤飯といえば……お祝いですね」

「そうですね」

「昔はよく、赤飯でお祝いしました」

　それを聞いた瞬間、甘利田は無意識に「チャンスだ」と思った。今現在、給食の赤飯をよりおいしく食べるため、「祝うこと」「めでたいこと」を探している最中だからだ。

「どんなときですか」

「え、どんなときって……誕生日とか」

「それ以外で」

「七五三」

「それ以外で」

「あとは……出産祝いとか、成人祝いとか、還暦（かんれき）のお祝いとか」

「それらに該当する人は、この学校にいますか？」

畳みかけるように箕輪の知っていることを引き出そうとする甘利田。その勢いに押されながらも、箕輪は答えていく。

「えー、どうだろう……あえていえば、私かな」

「校長が？」

「今年還暦」

笑顔の箕輪の言葉に、甘利田は雷に打たれたような衝撃を受けた。ついに、ついに探し求めていたものが見つかったのだ。

突然甘利田が、箕輪の両手を取った。いきなりのことに「わっ、何？」と箕輪は戸惑う。

「校長……おめでとうございます」

「え、ああ……どうも」

「これはめでたい」

「それはどうも」

甘利田は心底嬉しそうに笑い、取った箕輪の手をぶんぶん振って喜びを示す。

（ギリギリ見つかった……ナイスだ校長。今日は校長の還暦祝いとしての赤飯だ。理由が定まれば、あとはただ食すのみ！）

それからしばらくして、四時間目終了のチャイムが鳴り響いたのだった。


机の配置や、配膳が終わり、校内放送で校歌が流れ始めた。甘利田も生徒たちも、席について校歌を歌っている。甘利田はいつも通り、拳を握って腕を振り、赤飯をこれから食べるという喜びからハイテンションに歌っていた。

いつもと少し違うのは――歌っている生徒たちの視線が、ノリノリで歌っている甘利田に集中していたことだ。当然、本人はそのことに全く気づいていない。

普段の厳しい甘利田と、テンションマックスで歌う今の甘利田とのギャップに、生徒たちは笑いをこらえている。中には、腕を振る動きを真似している生徒もいる。

注目を浴びていることに甘利田が気づかないまま、校歌は終了。「手を合わせてください」の掛け声で合掌、「いただきます」と声を合わせると同時に、給食の時間が始まった。

メガネを取り、トレイを凝視する甘利田。

名前通り赤く色づいた赤飯が、つややかな光沢を放つ。食欲を刺激する匂いを漂わせる湯気に、具だくさんの豚汁。香ばしく茶色に彩られた甘辛いさんまのかば焼き。デザートにカットされたリンゴと、瓶牛乳もトレイに載っている。

（今日のメニューは、日本人にとってのまさかの祝い飯、赤飯。汁物の領域から大いに逸脱した一品、豚汁。そしてこれまたサイドメニューにするのは惜しいくらいの存在感を放つ、さんまのかば焼き。デザートのりんごにいつもの瓶牛乳。言うまでもないが、給食とはなんと豪華な食事なのだろうと改めて思う）

しっかりトレイの上を確認すると、目を閉じて精神統一する。気持ちを落ち着かせながら、マイ箸箱を取り出した。箸箱のフタをスライドさせると、黒光りする箸が現れる。

（今日はお前オンリーで挑むぜ、輪島漆塗のマイ箸！）

箸を取り出すと、目を細めて慈しむように握り締めた。

（まずは和食の基本。箸先に汁物で水分を当てる。赤飯は特にくっつきやすい。スムーズに一口目からいくための大人の所作。では、いくか）

赤飯の器を持ち、水分をまとった箸で掬い上げるように赤く染まった赤飯を口に入れる。

白米よりももちもちした食感が楽しく、しっかり塩味も効いている。

（ああ、いい。この食感だ。弾力が違う。あずきの風味もいい、塩気もちょうどいいじゃないか……と、いかんいかん。祝い飯は、祝う心とセットで食らうべし）

おいしさに気を取られていた自分を戒め、改めて赤飯を眺める。

（校長、還暦おめでとう）

そう心で呟きながら、赤飯をまた口に入れる。

「……」

その瞬間、甘利田の中に小さな違和感が生まれた。引っ掛かるような感覚に動きが止まるが、すぐに「まあいいか」と気を取り直して食べ進める。

（さっき図書館で調べてきた。赤飯がなぜ祝い飯たり得るのか。日本では古来より、赤色には邪気を祓ったり、災いを避けたりする力があるとされていたため、赤色のご飯を食べることで厄払い・邪気払いをしたと考えられている。つまり、赤飯は魔除けなのだ）

ちなみに、青森や北海道の赤飯は、甘納豆を使っているため甘い。しかし甘利田にとっては小豆の風味と塩味こそが、親しんだ赤飯の味だった。

（心で祝おう。校長、還暦おめでとう）

赤飯が祝い飯である理由を意識することで、祝う気持ちを高ぶらせようとした甘利田だったが——再びやってきた違和感に囚われ、箸が動かなくなった。

「……」

違和感の原因がわからないこともあり、甘利田は一度赤飯の器を置き、代わりに豚汁の器を手に取った。

（さあ、ある意味今日のメインディッシュだ。狂おしいまでの具だくさん。肉っけと野菜っけのコラボレーション。キングオブ汁物、豚汁！）

まずは一口汁を飲む。味噌からほんのり感じられる甘さと、塩辛さ。出汁の旨味と具材それぞれの旨味が染み出した汁を、しっかり味わう。

それから、豚肉を口に運んだ。豚肉が持つ脂の甘味と旨味が、他の具材や出汁のおいしさが凝縮された汁としっかり絡み、柔らかい食感と共に舌を楽しませる。

(なんという甘美な味。こんな高度な品が給食に出てくる贅沢さ。これだから給食道はやめられない)

ニンジン、大根、長ネギ、ゴボウ、ジャガイモなどの野菜もガンガン口に運び、合間に赤飯を食べていく。

(豚汁の起源はさまざまだ。元々は精進料理だったけんちん汁に肉を入れたという説。猪肉に、味噌か醤油で味つけされるぼたん鍋を基にした説。北海道開拓を行った屯田兵(とんでんへい)たちが食べていたことから「屯田兵」の「汁」で「とんじる」となった説。いずれにせよ、これを開発した誰かに心から感謝せざるを得ない)

豚汁は熱々だ。食べることで体温が上昇するのも手伝い、汗が吹き出てくる。

(ちなみに「とんじる」と呼ぶ地域と「ぶたじる」と呼ぶ地域があり、しばしば論争になるそうだ)

思考が途切れたとき、ちょうど赤飯の器を手に取った。思い出したように箸が止まる。

(ああ、ええと、校長おめでとう)

だんだんお祝いの言葉がおざなりになってきている。本人も自覚していた。

（なんか……どうでもよくなってきたが、気を取り直そう）

　赤飯の器を持ったまま、箸でさんまのかば焼きをつまんで持ち上げると、かぶりつく。

　さんまの脂がじわっと広がり、醬油と砂糖の甘辛い味付けと相まって、香り高い味わいが口内を満たしていく。

（これが脇役に甘んじているという矛盾。私はとにかく、かば焼きという調理法が凄まじく好きだ。甘辛という味覚を味わえるということは、人類に与えられた幸せトップ一〇〇くらいに絶対入っている）

　嬉しそうに頰張り、しっかり味わうように咀嚼し、幸せを嚙み締める。

（よし。祝い飯のクライマックスだ。いざ！）

　ゆっくり味わった最後は、おいしさを勢いに任せて味わっていく。赤飯を食らい、豚汁を飲み干し、さんまのかば焼きをむしるように食べ尽くし、牛乳を流し込む。最後にリンゴのサクサクした食感と甘酸っぱさを楽しみ——完食。

（なんとか今日も、仕上がった……）

　トレイを空にして、甘利田はいつも通り背もたれに身を預け、目を閉じた。

（ごちそうさまでした）

　満足気な食後の言葉のあと、物思いにふける。

（大変満足なのだが……うーん……なんだろうか、この違和感は）

給食に対する満足感とは別に、ちょくちょく甘利田を襲った違和感の正体がわからないまま、目を開けて辺りを見回した。神野の姿が目に入り、甘利田はメガネをかける。

神野はなぜか、豚汁の具だけを食べていた。汁は器になみなみと入ったままだ。

(豚汁の汁だけ残してる。何をしようというんだ)

不思議に思いながら観察を続けると、神野は次に、赤飯を先割れスプーンで器に押し付けた。押し固めているように見える。

(……何を?)

甘利田がさらに不審に思う中、神野は赤飯の器に皿でフタをするとひっくり返し、とんとんと器を上から叩いた。

(何をしてんだと言っとる!)

口には一切出していないので、神野にこの心の叫びが聞こえるはずはないのだが、それはともかく――神野が赤飯の器を持ち上げると、赤飯の山が現れた。

(それは……チャーハン!)

さらに、汁だけになっている豚汁を、赤飯の山の周りに注ぎ始める。

(なんだそれ……それは噂に聞く、スープチャーハンなのか?)

豚汁のスープの中にたたずむ、赤飯の小山。甘利田の目には、その姿が湖の先にそびえる富士山のように見えていた。

（いやしかし、祝い飯である赤飯に対して、その扱いはどうなんだ。赤飯は尊いものだ。あくまで単独で……）

戸惑いを隠しきれない表情で甘利田が思っていると——神野は、爪楊枝の旗を取り出した。旗は白地に日の丸を描いたもの。それを、赤飯の山に立てた。

（お子様ランチー！）

出来上がったお子様ランチを、神野はじっと眺めた。自分の作品の出来を、確かめるように。反面甘利田は、忌々しそうに身を震わせていた。

視線に気づいたのか、神野が甘利田を見て微笑みかける。直後、勢いよく食べ始めた。しばらく、甘利田は食べ進める神野を見つめていた。最初は怒りにも似た感覚に支配されていた甘利田だったが、だんだん力が抜け、神野が食べる光景を優しい目で見つめるようになっていた。

（そうか……こいつ……自分祝いをしているのか。赤飯を一番おいしく食べる方法を編み出した、自分へのお祝いにしたんだ。あくまで給食に向き合って、余計なことを考えず、赤飯という祝い飯を迎え入れる準備をした）

食べる姿を見ながら、甘利田は神野の給食に込める思いを読み取っていく。神野は食べながら甘利田を見ているが、そのことにも気づいていなかった。

（それに比べて私は。赤飯と言えばお祝いだろうと決めつけ、何かないかと探しまくり、やっとあった校長の還暦話に飛びつき、それを寄る辺に赤飯を食べた。そして道中、ずっと違和感がまとわりついた。なぜなら……校長の還暦なんぞ……ぶっちゃけちっともお祝いだと思えないからだ。校長が還暦？　知るかそんなもの）

内心とはいえ、色々ぶっちゃけた甘利田の身体から力が抜け、がっくりとうなだれる。「祝い飯」という特別な意味のある赤飯だから、特別な意味を見出して食べる。そうすることが、おいしく赤飯を食べる作法だと思い込んでいた。

（私は、普通に、給食で赤飯を食べられること自体を、お祝いすればよかったのではないか）

「祝い飯」であるなら、他人任せの祝い事ではなく、身近な祝い事——愛する「給食」を食べることができるという、ささやかなお祝いをすればよかったのだ。

（そんなことに……やっと気づくなんて）

そうこうしているうちに、神野は食べ終え「ごちそうさま」と手を合わせて呟く。

（負けた……またも、負けた）

気づいたことの重要さよりも、敗北感に囚われた甘利田は、しばらく動けなかった。

時間は過ぎ——合唱コンクールの時間となった。生徒たちが普段と違うイベントにテンションを上げて体育館に向かう中、甘利田は一人、誰もいない三年一組の教室にいた。

（最近、負け癖がついている）

物思いにふけりながら、甘利田はベランダに出る。すでに合唱コンクールは始まっているようで、遠くから校歌を歌う生徒たちの声がうっすら聞こえてくる。

（好きなものを、普通に好きだという気持ちに混じりっけがあるんだ。なぜ赤飯が食べられること自体をお祝いと思えなかったのか。私は周りを気にしすぎているのか……）

給食好きを隠しているのに給食前の校歌を全力で歌ったり、献立表を愛でたり、注視している人からすればあまり周りを気にしているように見えない行動も目立つ甘利田。

だがそれでも——神野のように、自由な発想や気持ちで、給食を楽しめきれていないところがある。それだけは、甘利田自身にもわかっていた。

（自意識過剰だ。私のことなど、誰もそんなに見ていない。無駄に気にして本来の自分を見失っていた。何度も思うべきだ。私のことなど、誰も見ていないという現実を）

そこまで思ったとき——校門から入ってきた鏑木が、校庭を通っていく姿が見えた。

誰も気にしていない。そう思う一方で、鏑木という男の存在が、甘利田の中で引っ掛かりとなって残ったのだった。

体育館で行われている、合唱コンクール。現在は、三年一組が壇上に並び、校歌を歌っていた。

そこに甘利田の姿はないが、それ以外の教師たちは揃っている。そして彼らは全員――目を丸くして三年一組の合唱を見て、聴いていた。

教師たちの後ろの方で一人、音楽教師の島田がほくそ笑んでいる。

（素晴らしいわ）

三年一組の光景を見ながら、島田は三年一組での朝練のことを思い出していた。

『給食前の、甘利田先生を見てください。あれが校歌の正しい歌い方です。一組のみんなだけが、観察できる特権です。校歌に魂を込めるというのは、ああいうことです』

そう島田が伝授した結果が、これだ。

壇上の三年一組の全員が、拳を握り、腕を振って、ノリノリで歌っていた。見事に全員が笑顔だ。

三年一組のセンターに立つ俵だけが、曲に合わせて身体を揺らし、気持ちよさそうに歌い上げている。

一人だけ歌がうまく、堂々と歌い上げる俵を中心にして、他全員がバックコーラス状態。本来の合唱とはかけ離れた状況なのに、妙な統一感だけはしっかりあった。その異様な光景に、教師陣は皆呆気（あっけ）に取られた顔をしていた。

その中で一人だけ、島田は感動した様子で深くうなずき、三年一組を見守っていた。

（甘利田先生、みんなあなたを……実は見てます）

曲が終わり、ノリノリなままの周りをそのままに、俵だけが満足そうに深々と礼をするのだった。


合唱コンクールが終わり、放課後。帰り支度を終えた神野は、何気なく教室の掲示板にある献立表を眺めていた。

そこに、俵が入ってきた。その手には、紙筒がある。

「神野くん、まだいたの？」

「うん。明日の予習」

神野からそう聞いた俵は、すぐに献立表に視線を向けた。

「好きだねえ」

「このお楽しみデーって面白いね」

「トコ中にはなかったの？」

「うん。なんだかワクワクする」

笑顔の神野に、俵が小さく吹き出す。

「そんなに好きなものがあって羨ましい」

「俵さんだって、今日の合唱すごかったよ」

「ありがとう。神野くんのおかげかも」

神野の褒め言葉に、俵は嬉しそうに頰を緩めた。すると初めて気づいたのか、神野は

「それ、何？」と俵が持つ紙筒に視線を向けた。

「コンクールの賞状」

「優勝は二組じゃなかった？」

神野の問いに、俵は筒から賞状を取り出し、開いてみせた。

「ハッスル賞だって。バカにしてる」

「へえすごい」

不満げな言い方ではあるが、神野の褒め言葉には満更でもない様子の俵。

「島田先生に呼び出されて、あなたが一番頑張ってたからって」

「よかったね。ちゃんと見ててくれる人がいて」

「うん」

微笑んでそう言う神野に、俵は嬉しそうにうなずいた。素直じゃない部分もあるが、やはり自分の好きなことを褒めてもらえて、嬉しいのだろう。

「せっかくだから、どこかに貼ろうよ」

神野の提案に乗った俵と共に、教室を見渡してどこに貼るか相談し始めた。

敗北感を抱えていた甘利田は、今日も帰り道で駄菓子屋に寄った。今日買ったのは、茶色の筒のような形をした駄菓子、麩菓子(ふがし)だ。

ベンチに座って麩菓子を齧っていると、いつの間にかやってきたシンゲンが甘利田のすぐ近くに座る。

最初は普通に齧っていた甘利田だが、次第に外側の茶色の甘い表面部分を歯で削って食べるスタイルに変わっていた。

「あんた、相変わらず変な食べ方だねえ」

そこに、店主のお春が顔を出した。お春からの扱いにもう慣れっこなのか、「ほっといてください」とキッパリ返す。

「でも、わかるよ」

だが今日のお春は、甘利田に共感する様子を見せた。予想外の反応に甘利田は首を傾げる。

「角っこのところ。みつが焦げ付いて固まってんだよね。そこだけカリカリしてて、甘みとコクが強いんだ。麩菓子は角っこが醍醐味だ」

（この老婆、わかっている！）

お春の言葉に同意すると同時に、少し驚く甘利田。

「昔は、麩菓子がごちそうでね。家に菓子なんてなかったけど、なんかお祝いがあると、父親が大量に買ってくるんだ。家族全員でガリガリやってね」

お春の「お祝い」という言葉に、甘利田はピクリと反応した。

「お祝いのときですか？」

「なんだっていいんだ。その日生きるのもやっとだったから。今日は楽しく過ごせたってだけで充分お祝いだよ。そしたら、決まって麩菓子だ」

そのときのことを思い出しているのか、懐かしそうにお春は笑っている。

お春の笑みは、ただ不自由なく幸せだった人間のものではない。毎日を必死に生き、つらい思いをしながらも、時折感じる幸せを噛み締めてきたような——そんな笑みだった。

麩菓子を通してそんなことを感じた甘利田は、咄嗟に言葉が出てこなかった。

「あんたも、今日はなんかのお祝いかい？」

「いえ……特に」

「なんだい、つまんないね」

お春から言われた言葉は、血眼（ちまなこ）になって祝えることを探していた甘利田自身が、宗方や、生徒たちに思ったことだった。

「そんな毎日、祝い事なんてないですよ」

「人のめでたさは、人それぞれでいい」

実際に祝い事が出なかったことを思い返して投げやりに言う甘利田だったが、お春はしみじみとそう言った。

同時に「自分を祝う」という形で赤飯を食べていた神野のことが、甘利田の脳裏に蘇る。

（私は給食が好きだ。が、ゆえに、給食に意味を求め過ぎていたのかもしれない）

ふと視線を落とした麩菓子は、周りの茶色の部分がなくなり、色のついていない、白い部分が大半を占めている。その状態の麩菓子を、甘利田はシンゲンに差し出した。

じっと甘利田を見ていたシンゲンは、白い部分をぺろぺろ何度か舐めてから、ガブリと齧りついた。シンゲンが、どこか嬉しそうにカリカリと麩菓子を咀嚼していくのを、甘利田は穏やかな気持ちで眺める。

（普通に給食を楽しむ。ただそれだけでいいんだと……今更気づいた）

――そんな、ありふれた普通のことだって、祝うに値する。「ありふれた普通のこと」を愛しているのなら、なおのこと。

メニュー 八

ミルクを制する者

この日の三年一組は、牛乳工場見学に来ていた。横に広い、白い建物の中から騒がしく出てくる生徒たちを、甘利田が誘導していた。建物と門の間の、駐車場近くの場所に集まった生徒たちは、ちょうど体育座りで整列したところだ。

そこに、上下白のジャージっぽい作業着姿に、マニキュアで赤い爪が特徴的な三〇代くらいの女性——牛乳工場の広報職員・向島良子（むこうじまよしこ）が生徒たちの前に進み出た。その後ろには、布のかかったワゴンが置かれている。

「はい。今日は社会科見学ということで、うちの牛乳工場を見てもらいました。みんな一生懸命見学してくれて嬉しかったです。牛乳工場の仕組みは、理解できましたか？」

呼びかけるような向島の言葉に、生徒たちは元気に「はーい」と返事をする。返事が元気だからといってしっかり理解しているかどうかは、定かではないが。

「では、改めておさらいです。牛乳は、牛の生乳から作られます。でも牛から搾っただけでは、皆さんがお店で買って飲む牛乳にはなりません。安全な飲み物にするために、工場で小さなゴミを取ったり殺菌したりして、おいしくて品質の良い牛乳になります。わかりましたか？」

最後の呼びかけに、再び「はーい」と声を上げる生徒たち。

「それでは、今日は皆さんに特別なプレゼントがあります」

と向島が言うと、生徒たちから「おおー」とどよめきが起きた。本音のリアクションである。

「今日は、工場見学の記念に、できたての牛乳を用意しました」

向島が後ろにあったワゴンの布を取ると、給食のレギュラーである瓶牛乳（できたて）が並んでいた。どよめいていた生徒たちが、目に見えてがっかりする。

「あれ……どうしたの、みんな？」

怪訝そうにしている向島と、生徒たちは目を合わせようとしない。皆伏し目がちで、しょんぼりしている。そんな中、的場が声を上げた。

「それ、いつもの牛乳じゃん」

「違うのよ、できたての牛乳よ」

「できたてって言われても……」

不満げに食い下がる的場に、甘利田は「こらっ」とたしなめながら歩み寄る。

「それより、あっち！　あっちがほしいです！」

的場が指さす方向に、甘利田も思わず視線が向く。そこには、三角パックのフルーツ牛乳がワゴンに積まれていた。なぜあんなところにあるのかは、謎である。どこかに配送する前のものなのかもしれない。

甘利田は、フルーツ牛乳のワゴンに見入っていた。他の生徒たちからも拍手が起こる。

「あ……でも……」

向島はためらっていた。プレゼントの品は決まっているから変えられないのか、それとも別の理由があるのか。

「お願いします！」

しかし、拝みながら頼んでくる的場、そして他の生徒たちも「お願いしまーす！」と声を上げるのを見て、「じゃあ、ちょっと待っててね」と一旦建物に戻って行った。許可を取りに行っているのだろう。

座ったままの生徒たちがヒソヒソと話しながら待つ中、甘利田は生徒たちから顔を背けつつ、拳をきつく握ることで期待に胸躍らせていた。

しばらくして、向島が再び姿を見せた。

「特別に、許可が出ました」

瞬間、生徒たちから歓声(かんせい)が上がった。その騒がしさに隠れるように、甘利田も小さく小さくガッツポーズする。生徒たち同様、普段飲めないフルーツ牛乳に心躍っていた。

「では、前に取りに来てください。一人一つですからね」

その言葉と同時に、生徒たちは我先にとフルーツ牛乳のワゴンに群がっていく。向島から一つずつ渡された誰もが、嬉しそうにしていた。ちゃっかり甘利田も列に並んでおり、フルーツ牛乳を受け取る。さっと列から離れてから、満面の笑みでフルーツ牛乳をもらえた喜びを噛み締める。

　そんなフルーツ牛乳を求める集団から外れたところに、神野がぽつんと立っていた。向島たちを見ていた神野が、挙手をする。

「はい？　どうしました？」

「お土産（みやげ）は、そっちでもいいですか？」

　神野が指さすほうを向島が見ると、元々もらうはずだった瓶牛乳のワゴンがある。

「いいですけど、普通の牛乳でいいの？」

　他の生徒たちがフルーツ牛乳で喜んでいたからか、向島は不思議そうに神野を見ていた。

「でも、できたてですよね」

「そうだけど」

「飲んでみたいです」

　神野が笑顔でそう言うのを見て、甘利田は小さく舌打ちした。

（あいつ……またスタンドプレイか。いくらできたてでも、フルーツ牛乳を諦めるなんて考えられん……）

　信じられないものを見るような思いを隠し、いつもの険しい表情で甘利田は「神野」と呼びかける。

「はい」

「一人ひとつのお土産だ。フルーツ牛乳はいらんのだな」

「はい」

「なら、そうさせてもらえ。みんな、もらった牛乳は今日の給食で飲むから、一旦回収する」

甘利田が生徒たちに言うと、「えー」「今飲みたーい」とブーイングの嵐だったが、結局素直にワゴンに戻していく。

神野は瓶牛乳を一本摑むと、皆がフルーツ牛乳を入れているワゴンに持っていった。

(こいつは……何を考えているのか、とことんわからん)

そんな気持ちで見ていた甘利田の視線に気づいた神野が、ニコッと笑いかけてきた。

「……」

そんな神野の姿を——フルーツ牛乳をお土産にと提案した的場が目を細め、非難するように見ていることに、神野も、甘利田も気づかなかった。


社会科見学が終わり、黍名子中学校に戻ってきた甘利田は、職員室の自席でいつも通り献立表を見つめている。

今日の日付の欄には、「お楽しみデー」「きな粉アゲパン」とだけ書かれていた。

その文字を見つめてじっと考え込んでいた甘利田は、ハードカードケースから献立表を取り出し、「フルーツ牛乳」と書き込んだ。

(今日はお楽しみデー。この学校は月に一度、このお楽しみデーなるシークレットメニューの日がある。これが期待させられる割には、実はどうってことない献立というパターンが続いている)

献立表をハードカードケースに戻し、改めて献立表を見つめる。

(だが今日は、きな粉アゲパンにフルーツ牛乳が確定した。あとは大小のおかずだが、明らかになった二アイテムだけでOKだ。何が出されようとも、アゲパンとフルーツ牛乳はあるんだ。こんな幸せはない。もう充分お楽しみデー成立だ)

きな粉と砂糖で味付けされた甘いアゲパンと、甘酸っぱいフルーツ牛乳。甘くて、おいしさが約束されたメニュー確定に、甘利田はうっとりしていた。

「……」

そんな甘利田の様子を、隣の席の宗方がまたもやじっと見ていた。いつもは非難がましい目で観察している宗方だったが――今日は、どこか様子が違った。

宗方の脳裏に、ある場面がフラッシュバックする――甘利田が駄菓子屋で買い食いしている場面の写真を、鏑木に渡したときのこと。

思わず、甘利田を見ていた視線をそらし、目を伏せる。顔は強張り、小さく歯を噛み締め――後悔の念に苛まれているようだった。

視線を感じてふと顔を上げると、輝くような笑顔の甘利田が宗方を見ていた。笑顔であること、何も言っていないのに自分を見ているという事実に、宗方は戸惑う。

「今日はなんか、元気がないですね」

気遣うような言葉まで言われ、宗方は素っ気なく「そんなことありません」と返す。

「先生のクラスも、工場でお土産もらいましたか？」

甘利田が突然話を変えてくるのはいつものことだが、今の宗方にとっては救いだった。

「ええ、できたての牛乳」

「そうですか。うちはね……」

そこまで言うと、今までの笑みがさらに深くなり、声を出して笑い出す甘利田。謎の反応に、宗方は「え？」と戸惑う。さらに甘利田は「いえいえ」と誤魔化すように立ち上がるが、笑いそのものはこらえきれない様子だった。

宗方は、一組は神野以外全員がフルーツ牛乳をお土産にもらっていることを知らない。そしてたとえ知っていたとしても、こうまで本気で喜んでいる理由がフルーツ牛乳だと思い至れる人間もそういないだろう。

結局宗方は、甘利田の謎の反応にため息をついてから言う。

「ちょっといいですか？」

「はい？」

　宗方も立ち上がり、「ちょっと、こっち」と以前学年ミーティングをした職員室の隅にあるテーブルスペースへ甘利田を促した。笑顔のまま、甘利田もそれに従う。

　宗方は向かい合って甘利田と座った。甘利田は未だに笑顔のまま、何か別のことに心を奪われていそうな顔をしている。

「甘利田先生、気を付けたほうがいいですよ」

　真面目な声で言うと、「何をですか？」と甘利田が返す。一応、話は聞いているらしい。

「その、色々」

「色々？」

「甘利田先生のことを見張っている人が、いるっていうか……」

「ああ、教育委員の海坊主ですか」

　実際にスパイのような行動を指示された相手の存在を言及され、宗方は少し気まずそうに「……はい」と返す。

「気にしなくていいですよ」

　甘利田は、特に気にしていないようだった。しかし宗方も引かない。

「甘利田先生には、問題があるって」

「先生にそう言ったんですか」

甘利田に指摘された瞬間、気まずさから「……あ」と声を漏らす。伝聞の言い方でも、この言い方は、宗方も同意しているのと同じだ。

「先生も、そう思っているんですか」

甘利田の表情から、いつの間にか笑顔が消えていた。だがいつものような険しい表情とも違っている。宗方を責めようとしているわけではない、ということは伝わってきた。

だからこそ、思い切れたのかもしれない。

「あの……甘利田先生は、マイペースすぎて、学年主任として正直不安です」

ためらいを吹っ切り、本音をしっかり甘利田に伝えた。相手を非難するような言葉は攻撃的に受け取られ、トラブルの元になる。しかし宗方は、今言ったほうがいいと思った。

「先生は、学年主任をやっていて……楽しいですか？」

しかし甘利田から返ってきた言葉は、またも予想外のものだった。また話をそらされたようにも思える言葉に、「は？」と間の抜けた声が出てしまう。

「先生は学年主任として、責任感を持ってよくやっていると思います。でも、ちっとも楽しそうじゃない」

言われた瞬間――宗方は胸がギュッと握られたような痛みを感じた。無意識に、宗方は甘利田の言葉を図星だと受け入れている。しかし。

「仕事は、楽しいことばかりとは限りません」

痛みに耐えるように、キッパリと言い切る。この言葉そのものも、宗方の本音だった。

「それにしても、笑っていない」

そしてさらに返された甘利田の言葉も——また、図星だった。今度こそ、言い返す言葉が、見つからなくなる。

「前にも言いましたが……宗方先生が一組の給食に入る日、クラスの笑顔が増えます。先生は、どうですか？」

宗方は、前に言われたときのことを思い出す。あのときは、その場を誤魔化すためだけに、言っているのかと思っていた。でも今は違う。その事実に、宗方は「私は……」とだけ漏らすと、何も言えなくなってしまった。

「みんな、宗方先生の笑顔が見たいと思います」

その言葉にも返せないまま、チャイムが鳴った。次の授業が始まる。甘利田は立ち上がると「失礼」と声をかけ、去って行った。

残された宗方は、悲しいような苦しいような——複雑な表情のまま、しばらく動けなくなっていた。

現在、三年一組は学級会の最中だった。社会科見学の感想文を発表し合う時間。

今発表しているのは、坂田だった。牛乳ができるまでのことよりも、清潔が一番大事な食品工場で、案内役をしていた向島が赤い爪なのはどうか、説明がわかりやすかっただけにそこが残念だった——という、少しずれているような、普段の教育の賜物（たまもの）のような、そんな感想文だった。

的場がヤジを飛ばして笑いを取る中、甘利田は発表中も物思いにふけっている。

（早くフルーツ牛乳を飲みたい。わざわざ工場まで行って仕入れてきた、できたての一品だ）

今も冷やされている三角パックのフルーツ牛乳に思いを馳せる中、ふと社会科見学について思い出す。

（聞けば、昨年まで三年の社会科見学は近隣のネジ工場だったそうだ。ここ黍名子市はネジの町。そこら中にネジ工場やネジメーカーがある。ただネジ工場はあまりにも地味なので、生徒の人気がなく、ずっと議論になっていた。校長の英断で、今年から牛乳工場に変更。素晴らしい決断だ）

ネジから再びフルーツ牛乳に気持ちが変わろうとした頃、ふと甘利田の視線が神野に向いた。何かノートに書いている。甘利田の位置からは何を書いているかはわからない。

その時、神野がぱっと明るい笑顔になる。甘利田も何度か見かけている顔である。

（あいつ……また何か思いついたのか……しかし今日は、お楽しみデー。献立の全容はわからないはずだ。そんな状況で、何を思いつく？）

そんなことを思っている間も感想文の発表は続き——結局甘利田は大して聞いていなかった。

学級会が終わり、休み時間。甘利田は廊下を真剣な目つきで進んでいき——配膳室前までやってきた。

少し距離を取り、作業中の牧野の様子をじっとうかがう。その内、牧野が甘利田の挙動に気づき、ぷっと吹き出した。

「ちょっと先生。何やってるのよ、そんなとこで」

「いえ……べつに」

素っ気なく返す甘利田に、牧野は思い出したように「あ」と声を上げた。

「お楽しみデーの中身を探りにきたんですね」

「お楽しみデー？　あ、今日そうなんですか」

白々しく返す甘利田だったが、牧野はそこを特に突っ込むこともなく、話を続ける。

「配膳室の私たちからも、とっておきのプレゼント、用意しといたから」

「プレゼント？」

「おたのしみに」

ついに反応を見せた甘利田に、もったいぶるように、ゆっくりと言う牧野。甘利田はそれ以上の反応はせず、足早に配膳室から立ち去った。

一方その頃、休み時間の三年一組。神野は、思いついた絵をノートに描いていた。集中している中、ふと後頭部に視線を感じ、振り返る。

そこには、的場が立っていた。しかも、敵意剝き出しで睨んでいる。神野は特に気にした様子もなく「何？」と短くたずねた。

「なんでもねえよ」

吐き捨てるように言う的場に、神野は再び前を向いて作業を再開した。

「それ、いつも何描いてるんだ」

的場はその場でそうたずねるが、神野は返事をしなかった。「なんでもない」と言ったはずの的場の相手をする気が起きなかったのか、再び作業に没頭しているだけなのか。

その態度が気に入らず顔をしかめた的場は、大股で神野の席までやってくると、神野のノートを取り上げた。ノートを見て、的場は眉間に皺を寄せる。

「なんだこれ」

「今日の給食」

ノートに興味がなくなったのか、神野の机にそれを放ると、再び神野を睨む。

「お前さ、フルーツ牛乳ナメてるだろ」

突然の話題転換についていけず、神野は「どういうこと？」と首を傾げる。

「フルーツ牛乳より普通の牛乳を選ぶ奴なんて、この世にいないんだよ」

まるで全人類の代表であるかのような、絶対に正しいと信じて疑わないほどまっすぐに、断定する的場。

「好みは人それぞれだよ」

「いーや、違う。お前は単に目立ちたいだけだ」

神野の反論も許さず、切り捨てる。あまりに頑な言い分だが、神野は表情を変えず、言葉を返さなかった。的場がさらに畳みかける。

「転校してきたときからそうだ。何かというと人と違っているみたいなフリして。そうじゃなきゃ辻褄が合わないだろ。だってフルーツ牛乳だぞ」

神野が「……あの」と口を開きかけるが、的場はそれも許さない。

「うちでフルーツ牛乳が出るのは、盆暮れと誕生日だ。それを目の前にしていつもの白牛乳がいいなんて、あり得ないんだよ」

「的場くん」

そこまで言い切った的場に、ようやく神野は強く呼びかけた。言いたいことは言ったらしく、的場は「なんだよ」と神野の発言を許すように返す。

「僕も、フルーツ牛乳好きだよ」

「だったら」

「でも、君ほど好きじゃないのかもしれない」

的場に同意するかに見えた神野だったが、キッパリ言い切った。的場からすれば予想外の言葉に、「は？」と間抜けな声が出る。

「二回言うけど、好みは人それぞれだから」

的場の主張を踏まえても、神野は同じことを言った。最初からずっと、変わっていないとでも言わんばかりに。

神野の意志の強さに、的場はそれ以上何も言えなくなっていた。

四時間目が終わった。配膳の準備、机の移動、配膳――いつもどおり甘利田が全力で校歌を歌い終わると、「いただきます」と共に給食の時間が始まった。

給食の前の儀式として、まずはメガネを外し、甘利田はトレイを一望する。

（今日はお楽しみデー。メニューは事前に明かされていたきな粉アゲパンの他には、社会科見学の戦利品、フルーツ三角牛乳……そして）

トレイには、他にも配膳までは明かされていなかったメニューが二つ。鮮やかな黄色で中身を包み込んだ楕円形状の一品――見た目はオムレツに見えた。もう一つは小さな白い山のような形で、ぷるんとした食感が想像できそうな洋菓子。

（オムレツにババロア。そう来たか、と唸ってしまう取り合わせ。これは子供ならずとも大人にとっても特別感のある献立だ。アゲパン、フルーツ牛乳、ババロアと甘さを軸にした上での、オムレツの存在感が嬉しい。学校でこんなパーティー感覚の献立をいただけるとは。まったくもってありがたいぜお楽しみデー。毎日でもいいぜお楽しみデー）

普段あまりない献立の構成に、甘利田のテンションも上がっていく。

まずは、もらってきたフルーツ牛乳にストローを差し、吸い上げる。

牛乳の甘さと複数の果物の甘さ、そこにほんのり感じる酸味が、良いアクセントになって、口いっぱいに広がった。

（おーう、フルーティ。エーンド、スウィーティー。見学のときからこの瞬間を待っていた。リンゴ、バナナ、レモンなど数種類の果汁と、ミルクを混ぜ合わせた特別な飲み物。銭湯では湯上りの定番アイテムだ。腰に手をあてて飲むのが基本。では私もあえて……）

机に隠れた腰にこっそり手を当て、ストローを吸う。満足感に思わず笑顔になる。

（おっと、飲みすぎてはいけない。アゲパンとのコラボを楽しまずには終われまい）

一度フルーツ牛乳のパックを置き、きな粉アゲパンの端をちぎって食べる。油をしっかり吸ったコッペパンが揚げられたことで香ばしさを持ち、そこにきな粉の香りと砂糖の甘味をまとえば、お菓子でも食べているような満足感が生まれる。

しっかり咀嚼したあと、再びフルーツ牛乳のパックを持ち、飲む。

（これだ。このコラボ。菓子パンにジュースという感覚。学校という管理空間に風穴が開いた気がする。油で揚げたコッペパンにきな粉をまぶす。このシンプルな調理パンは、戦後お腹を空かせた子供たちにとって衝撃的だったと聞く）

さらにきな粉アゲパンを齧り、改めてアゲパンの存在感を噛み締める。

（何せ高カロリー。うまいものはカロリーが高いと決まっている。カロリーなど気にしていては、給食道を極めるのは困難。うまければいいのだよ、うまければ）

一切迷いのない信念のもと、アゲパンを一気に食べ切る。次に手をつける前にひと息入れ、ふと顔を上げると、視界に神野の姿が入った。

周りが三角パックのフルーツ牛乳の中、神野は瓶牛乳のフタを開けようとしていた。しかしうまく開けられないのか、困った顔をしている。

給食中の珍しい光景に、甘利田は思わず笑った。

（ふっ、何をやっている。一人だけいつもの瓶牛乳。しかもあの忌まわしきフタとの格闘に、時間を費やしている。これは、やるぞ……ほれ……ほれ……）

何かを望むように唱えながら、神野を見る甘利田。その願いが届いたように――神野の指先が、瓶牛乳のフタの表面を剝がしてしまう。

瞬間、甘利田は耐えるように震えた。声を出して大笑いしてしまわないように。

（やっぱりやったー。それそれ。それ最悪。このあと絶対無理してカポンって……ほれ

……ほれ……）

　大人げなさすぎる甘利田は、今か今かと神野の動きを注視する。表面を剝がしてしまった今、フタをほぼ丸ごとごっそり外す必要があるが――

　力の入ってしまった神野の指がフタを瓶の中に押し込み、落としてしまう。その勢いで、牛乳が少し飛び散る。ここまで自分の望んだとおりの展開になっている甘利田は、さらに叫び出さないように悶（もだ）えることでこらえた。

（きたー！　何をしてるんだまったく。笑わせてくれる。それに比べてこっちはこうだ）

　見せつけるように、フルーツ牛乳のパックのストローを吸い上げる甘利田。大人げないにもほどがあるが、今までしてやられてばかりだった甘利田にとって、数少ない有利な瞬間だった。

　神野は特に甘利田のほうを見ることなく、給食に戻る。甘利田も気を取り直し、自分の給食と向き合った。

（さて。ここでオムレツへ行きたいところだが、今日はあえてデザートからいただくことにしよう。甘い、甘いと来て、あえて逃げずにもう一つ甘いへ。この攻め方をするのが、大人というものだ）

　どうしてそれが大人なのかはさておき、スプーンを持ってババロアを掬い上げると、口に運んだ。

乳製品のなめらかな甘さと、砂糖の甘さに、ゼラチンのぷるんとした食感が相まって、本来は嬉しいデザート——のはずだった。

(む。これはちょっと甘すぎか)

しかし、すでにフルーツ牛乳、きな粉アゲパンと甘いものを連続で食べている甘利田の舌には、少しきつい甘さに感じられた。

(でもこの独特な食感が好きだ。チュルンと入ってくるゼラチン質の憎い奴。ババロアはフランス語で「バイエルンの」を意味しており、かつてバイエルン王国の貴族のためにシェフが考案したデザートだ。どことなくたたずまいが高貴な感じ)

最初は甘さにためらうも、食べる勢いは止まらずどんどんババロアを平らげていく。

(きな粉が和菓子テイストなら、ババロアは洋風テイスト。甘味の和洋折衷が給食で実現していることに、私は感動せざるを得ない)

そして一気に、ババロアを完食。一息つくため、フルーツ牛乳を一口飲むが——甘利田は顔をしかめた。

(そうか、これも甘いんだった。甘さからの逃げ場がない。ここはラストで一気に、引き締めようじゃないか)

キレイな半月のように見えるオムレツの載った器を、トレイの中央に配置した。

(さあ、参らん。いざレッツオムレツ)

先割れスプーンを持ち、豪快に掬い上げて口に運ぶ。もぐ、と咀嚼した瞬間——甘利田の動きが止まった。

（ん？　これは……嫌な予感……）

もう一度切り分け、一口食べる——瞬間、甘利田の口の中は、再び甘さに支配されていた。フルーツ牛乳、きな粉アゲパン、ババロアときて、また別の甘さが襲ってきたのだ。

（これは……オムレツじゃない）

卵に砂糖が混ざった甘味と、柔らかい果物——バナナの芳醇な甘さ、さらになめらかでどっしりした生クリームの甘さ。何から何まで、すべてが甘い。

（オムバナナじゃないか）

断面を見てみると、味覚で感じたバナナの輪切りと、生クリームが姿を現した。

（甘い。甘すぎる。一口食べたときに、卵自体が卵焼きのように甘かったので嫌な予感がした。これは明らかに甘味過多だ）

甘いメニューの連続を楽しもうとしていた甘利田だったが——ついに限界が来た。口の中に甘さが充満し、さすがにげんなりしてしまう。

周りを見ると、生徒たちも純粋に給食を楽しんでいる者は皆無だった。投げやりに、無理やり食べている姿が目立つ。

（これでは、甘さのロイヤルストレートフラッシュだ。全方位甘味体制。甘さのオンパレード。こんなに甘い給食は初めてだ。いくらお楽しみデーとはいえ、明らかにやりすぎ。スアマの次にモナカを食うような感覚。何を考えているんだ給食センター。これではまるで、虫歯になれと言わんばかりだ）

そう思う中、甘利田の視線が再び神野を捉えた。周りと違い、黙々と給食を食べている。トレイを見ると、半分ほどになっている瓶牛乳を中心に置いていた。どうやら、何か食べては牛乳を飲むことで、甘さを中和しているようだ。

（あいつ……まさか知っていたのか？　今日が甘味尽くしだということを。だからあえて白牛乳。確かに白牛乳を中心に据えて、アゲパン、ババロア、オムバナナのローテーションを作れば無理なくいけたかもしれない。しかし……そんなバカなことが……）

今そんなことを思ったところで、甘利田のもとにあるのはフルーツ牛乳で、オムバナナだけが残っているという現実は変わらない。悔やんでも、どうしようもないのだ。

（仕方がない……今日はお楽しみデー。勝ち負けは関係ない）

普段から勝ち負けを勝手に言っているだけの甘利田だが、それを「関係ない」としたのは、色んな意味で危機を感じているからだろう。

（とりあえず、出されたものは残さず食べるという私の信念は貫く。それは、どんなにまずい母の料理でも、一度として絶やしていない習慣だ。たとえ甘すぎたとしても、給食に罪はない）

いつもの勢いとはほど遠い、ゆっくりした手つきでオムバナナを切り分け、口に運び、咀嚼する。味わうというより、ただ飲み込むためだけの動きだった。本来は、おいしいオムバナナ。甘いもの続きでさえなければ。

そんな気持ちをも飲み込んで、どうにか完食した甘利田は、疲れ切った顔で椅子に身を預けた。

（……なんとか仕上がった……と、思いたい）

いつものように目を閉じる。余韻を感じる代わりに、甘利田の抑え込んでいた本音が浮かび上がる。

（……今は……ただ酸っぱいものが食べたい）

フルーツ牛乳のような甘酸っぱさでは生ぬるい。「酸っぱい」と口を歪めてしまうほどの、刺激の強い酸っぱさが、ただ恋しかった。「しょっぱい」ではなく「酸っぱい」なのは、甘利田の好みの問題だろう。

そんなとき、教室の引き戸が開く音と、数人が教室に入ってくる足音が聞こえてきた。

「みなさーん。今日は、献立お楽しみデーということで、配膳室からもとっておきのプレゼントを配りに来ました」

牧野の声を聞いた甘利田がピクリと反応すると同時に、生徒たちが「おおっ」と声を上げ、拍手が起きた。

甘利田が目を開けて起き上がると、牧野を含む配膳室スタッフ数人の姿があった。

（そうか、忘れていた。なんだ……何をくれるんだ……できれば酸っぱみのあるものを……）

甘利田が期待の眼差しを向けると、牧野は作業着のポケットから小さな袋を取り出し、掲げた。

「ミルメークよ。みんな大好きでしょう？」

その瞬間、盛り上がっていた教室がしーんと静まり返った。甘利田は生徒たち以上にショックを受け、愕然としている。

「え……どうしたの、みんな……」

予想外の反応に、牧野が戸惑う。教室を見渡した牧野の視線が、トレイの上に載った三角パックのフルーツ牛乳を見つけた。

「あ……そうか！」

思い出したように声を上げた牧野に、生徒の誰かが「ミルメーク入れられませーん」と不満げな声を上げる。それを見て、牧野は改めて生徒たちを見回した。

「今日、一組だけフルーツ牛乳もらったんだった。私すっかり忘れてたー。もう、なんで一組だけそんなのもらってきたのよ！」

せっかくの計画が台無し、とばかりにがっかりする牧野の言葉に、フルーツ牛乳を要求した言い出しっぺの的場が、ムスッと不貞腐れたように頬を膨らませた。

「でもとりあえず、せっかく持ってきたから配るんで、ね」

そう言って、牧野や他の給食スタッフたちが、ミルメークの小袋を配り始めた。さらなる展開に、甘利田は愕然としたまま椅子に座る。その甘利田の机にも、ミルメークの小袋が置かれた。

（これ……どうやれというのだ……くそっ……給食を残してしまった……）

最後の砦「出されたものはすべて食べる」を守れなかった痛恨の眼差しで、ミルメークの小袋を見つめる甘利田。

ふと視線を上げると、神野が嬉しそうにミルメークの小袋を受け取るところだった。中央にある瓶牛乳は、まだ半分ほど残っている。他のものは、すべて食べ終えていた。

（……あ）

ミルメークを投入し、軽く瓶を振ってシェイク。色が変わったところで、一気に飲む神野。そんな姿を、甘利田は忌々しげに見つめた。

（あいつ……牛乳一本を、最大限活用しやがった……）

あらゆる甘味を中和して給食を完食し、最後にミルメークで甘い牛乳も楽しんだ。そんな神野は、ミルメーク入り牛乳を飲み終えると「ごちそうさまでした」と満足そうに呟いた。

（今日も、負けた）

勝ち負けは関係ないとまで言って予防線を張っていた甘利田だが、しっかりミルメークまで楽しんだ上で完食した神野に、敗北感を感じるなというほうが無理な話だ。

身体から力が抜け、がっくりとうなだれて残りの時間を過ごす、甘利田なのだった。

給食の時間が終わり、掃除の時間。廊下の掃除をしている生徒たちの横を通り過ぎながら、甘利田は配膳室前にやってきていた。

配膳室には、回収された食器類が積まれており、牧野たちスタッフは、その片付けに追われていた。いつもなら大量の空になった牛乳瓶がまとめられるワゴンの一つに、瓶が一本だけ載っていた。三年一組から回収したワゴンだとすぐにわかる。

空の瓶一本が載ったワゴンを、甘利田はじっと見つめていた。

そこに、モップがけをしている神野が通りかかった。

「神野」

その後ろ姿に甘利田が声をかけると、神野は「はい」と返事をして振り返る。

「お前は今日のメニューを知っていたのか？」

「いえ。今日はお楽しみデーでしたから」

「だったらなぜ、お土産に瓶牛乳を選んだ？」

「白い牛乳が好きだからです」

　甘利田の問いに、神野は迷いなく答えた。

「白い牛乳がない給食は、味気ないですから」

　そう付け加える神野に、「……そうか」と甘利田は静かに答えた。神野の答えに、甘利田は心の底から納得していた。

　神野は頭を下げると、再びモップがけに戻った。遠ざかっていく背中を見ながら、甘利田は改めて空になった牛乳瓶を見つめる。

　普段飲めない、甘くておいしいフルーツ牛乳。的場も、そして甘利田もそれに飛びついた。その結果、お楽しみデーが普段より苦い――というか、甘すぎる――給食になってしまった。しかしそれは、あくまで偶然だ。

　きっと神野は、甘味だらけの給食でなかったとしても、白い牛乳を「給食の一部」としてしっかり楽しんでいただろう。

　フルーツ牛乳が悪いわけではない。甘味だらけだった給食が悪いわけでもない。ただ、神野自身が好きな「おいしい給食」を楽しんでいただけ。いつも通りの、給食を。

　創意工夫で、普段の給食をよりおいしく食べようとする神野は、「いつもと違う食べ方」も「いつもと同じ給食」も、どちらも愛している。

　甘利田は、神野からそんな姿勢を読み取ったような気がしていた。

自分の好きを、誰に何を言われても、どんな状況でも貫き通す——神野のそんな姿勢に、自然と尊敬の念が浮かんでいた。

同じ給食道を行く者であり、ライバルであり、いつも甘利田を打ちのめす存在。だが神野は、ただ打ちのめすだけでなく、甘利田が見失っているものを教えてくれているのかもしれない——そんな風に、甘利田はどこかで思っていた。

放課後の帰り道。いつも通り電柱の陰から買い食いをしている生徒たちをうかがってから、甘利田は駄菓子屋に入った。

今日甘利田が買ったのは——すもも漬けだ。ベンチに座り、パックの封を少し開けると、ストローで汁を吸った。ほんのり甘くはあるが、基本的には酸味の鋭さが口内を刺激する。

(うまい。甘々で緩んだ口の中が、ぎゅっと引き締まる)

汁を減らしてからパックの封をさらに開けて、すももを一つつまんで口に入れる。カリッと硬い食感と、汁よりも少し甘みが強いものの、やっぱり思わず口をすぼめたくなる酸っぱさだ。

(給食後から、ずっとこの酸っぱさを想像してヨダレが出そうになっていた。甘さの逆は辛さではなく酸っぱさなのか)

甘味漬けにされていたときの甘利田が切に望んだ「酸っぱいもの」。口の中が引き締まりきったところで、改めてすもも漬けを見つめる。

（すもも漬けは、すももをリンゴ酢で漬けた駄菓子。時々、無性に食べたくなる味だ）

そんなことを思っていると――突然、目の前に宗方が現れた。驚いた甘利田は、思わず身体を捻ってすもも漬けを隠す。

「先生、何してるんですか」

宗方の口調がいつもより楽しそうに響いてくるが、今の甘利田はそれどころではない。

「ちょっと……生徒たちの素行調査を」

そう言い訳する甘利田に、宗方は少しわざとらしく「素行調査」と繰り返す。

「ええ。ここが下校時のたまり場らしく。店の人に聞いたりして」

視線を向けた先では、店番をしているお春が椅子に座ったまま寝ている。

「毎日ですか」

「いや、毎日ってことは」

「素行調査のついでに」

「そう、そのついでに、少し休憩を」

「すもも漬けですか」

わざとらしく少し笑っている宗方の視線が、隠しきれなかったすもも漬けのパックに向いている。それを見た甘利田は、ついに観念したように俯（うつむ）いた。

「はい……少々」

そう甘利田が答えると、宗方は甘利田の隣に腰を下ろした。責める言葉もなく座ったことに戸惑い、甘利田は顔を上げる。

「ん……なんですか」

「私、スパイしてました」

疑問の言葉に、宗方はそう答えた。思いがけない言葉と、口の中の状態のせいか「すっぱい？」などと聞き返してしまう甘利田。だがすぐに気づく。

「え、スパイ？」

「鏑木さんに言われて、甘利田先生の問題行動を報告してました」

「はあ」

「ここのことも、報告しました」

監視していたことを明かす宗方に、甘利田は力なく「……そうですか」とだけ返す。

「怒らないんですか」

そう言われても、甘利田は黙っていた。

ここのことが知られれば、責められるのは当然だ。それでもやめられず、駄菓子屋に足しげく通い続けた。給食と同じくらい好きな、駄菓子を楽しむために。そのことがバレたからといって、宗方に怒るのは筋違いというもの。

黙っている甘利田に対して何を思ったのか、宗方はそのまま続けた。

「私は、学年主任を楽しむなんて……考えたこともありませんでした」

宗方は今、以前甘利田がたずねたことについて、答えている。

「自分に自信がないいんだと思います。だから、理解できないものは、全部否定しないと不安なんです」

だが宗方の言葉は、甘利田にはまるで自分のことのように沁み入っていた。

自分とは違う、創意工夫と発想で彩られた給食を食べる神野。自分には思いつかない発想の片鱗を見せつけられると、最初はそれを否定し――でも最後には、圧倒されて敗北する。そんなことの繰り返しだった。

それを思うと、今の宗方の言葉には――共感しかない。

「そういう感情、先生にはわかりませんよね」

自嘲するようにそう締めくくる宗方に、甘利田は言葉を返した。

「……いえ、そんなことばっかりですよ」

予想外の反応だったのか、宗方は「え？」と目を見開く。

そんな宗方を見て、甘利田は内心で少しおかしくなった。宗方には、甘利田が自分と同じような感情を持つ人間のように見えていない。給食好きのことを隠している（つもりの）甘利田にとって、当然のことのはずなのに。

「しかし……そういうときは、受け入れるようにしています」

甘利田は、給食を通して何度も神野に敗北感を与えられてきた。自分がそのときに正しいと思った給食の食べ方をして、満足したり、物足りなかったり――なんにしても、最後には神野の創意工夫や、そこから見える姿勢や考え方を見せつけられ、負けを認めざるを得なくなる。

だが、認めることができるからこそ――また次の給食に向き合えた。

「受け入れる？」

「負けを認めると、意外に早く、立ち直ります」

宗方は答えないが――甘利田の言葉を、どこか嚙み締めるようにゆっくり瞬きしていた。

ふと、甘利田は持ったままのすもも漬けに視線を落とすと、宗方に差し出した。

「すもも漬け、食べますか？」

パックに入ったすもも漬けと、甘利田の顔を交互に見て迷う仕草を見せた宗方は、一つつまんで口に入れた。

顔をしかめ、口をすぼめて「すっぱ」と小さく呟き、すぐに微笑んだ。

「……でも、おいしい」

「はい」

甘利田も微笑んで同意すると、いつの間にか背後に気配が――振り返ると、シンゲンが座って見ていた。

宗方が驚いて「うわっ」と声を上げるが、シンゲンはそれに驚く様子はなく、くーんと鳴いて宗方を見る。

驚きが引っ込んだ宗方は、真剣な表情でシンゲンの顔に手を近づけた。

(私は給食が好きだ。そのことに一点の迷いもない。だがその思いを一途に実行するのは、意外に難しい)

甘利田が物思いにふける中、宗方はシンゲンの頭を撫でていた。抵抗も威嚇もなく、静かに撫でられているシンゲンに、宗方は笑顔になっていく。

(今日私は、神野ゴウの一途さに敗北した。奴は給食における牛乳の重要度を、誰よりも把握していた。給食道は、奥が深い)

そう認めた甘利田の顔は、どこか晴れやかだった。

メニュー九

コッペパンと僕の友達

朝の職員室。校門に立って身だしなみチェックを終えたあと、甘利田は自席でいつも通り献立表を眺めていた。

(私は給食が好きだ。大げさではなくそのために学校に来ている。朝の日課で、この献立表を眺めるのが至福のとき)

現在、献立表はハードカードケースから出してあり、甘利田の手にはボールペンが握られている。

(そして、前日の給食に感謝を込めて、「済」のチェックをつける……)

前日の献立に、チェックをつけようとするが――何も書けなかった。無理にガリガリと力を込めて書こうとするが、インク切れの事実は覆らない。それを無視してさらにガリガリやっていると、宗方が近づいてきた。

「一組の坂田くんが、お母さんと一緒に。今日までですよね」

反応しない甘利田に、宗方はもう一度「甘利田先生」と名前を呼ぶ。

「はい?」

「坂田くんのお母さん、今日最後だからご挨拶に。あちら」

宗方の示すほう――職員室の出入口付近で、坂田がしょんぼりしているのが見えた。その隣に立っている女性が、坂田の母だろう。大きなカバンを持っている。

　甘利田は無言で二人に会釈だけすると、また献立表を見つめ始めた。さすがに慌てた宗方は「いやいや」と甘利田を制する。

「ご挨拶を、ちゃんと」

　そう言われた甘利田は面倒くさそうに立ち上がると、坂田親子に歩み寄った。

「どうも」

「甘利田先生、信二が大変お世話になりました。今日で転校になりますので、ご挨拶だけ」

　深々と頭を下げる坂田の母、和子(かずこ)。無愛想(ぶあいそう)な甘利田に代わり、「ご丁寧にありがとうございます」と返したのは宗方だった。

　和子は、隣にいる坂田に「ほら、ちゃんと挨拶して」と促す。

「あとでするよ」

「こういうのはケジメなんだから、ほら」

「……お世話になりました」

　嫌々なのを隠そうともしない坂田。挨拶するのが嫌なのではなく、息子の言い分を無視して、挨拶させる和子が嫌なのだろう。そう見える態度だった。

　甘利田は、返事をしなかった。

「あ、新しい学校でも頑張ってね」

ここでも、代わりに宗方が答えた。和子は「ありがとうございます」と返す。その間、甘利田はじっと坂田のほうを見ていた。

「どうした？」

会話の流れを無視して、甘利田は坂田を見据えたままたずねる。

「元気がないな」

「そりゃあ、転校が残念なのよね」

「仲良しのお友達とも別れちゃうんで」

甘利田の問いに答えるのは、宗方と和子。甘利田は坂田を見たまま「そうなのか？」と再度たずねる。

「……はい」

嘘をついているわけではないようだが――妙な間が、甘利田は気になった。そう思ったのは甘利田一人だったようで、和子は「あの、それで」と違う話に移行していた。

「これ、先生方に少しでもお礼をと思って……」

言いながら、和子はバッグからビニール袋を取り出した。その中には、同じようなデザインのボールペンの束が見える。

「これ、私の勤め先の生命保険のノベルティなんですけど、よかったら使ってください」

中から二本取り出すと、和子は甘利田と宗方に無理やり押し付けた。

「あ、こういうのは、受け取れませんので」

「大したもんじゃないですから」

宗方が困った様子で返そうとするが、笑顔でそれを許さない和子。耐えかねたように、坂田が声を上げる。

「ちょっと、やめろよ……」

「こういうのは、ケジメなの」

「恥ずかしいからやめろって」

坂田の制止も聞かず、和子は職員室にいる他の教師たちにも勝手に配り始めた。授業前で忙しい教師たちに「坂田の母です」「お世話になりました」と声をかけ、一人ひとりに渡していく。

そんな母親の様子を、坂田は心底嫌そうに見ている。そしてそんな坂田が、甘利田はなぜか妙に気になっていたのだった。

坂田たちが職員室から去ると、甘利田は自席で一息ついた。もらったボールペンの存在をふと思い出し、あらためて献立表にチェックをつける。

「――なんですか、今日の献立？」

甘利田の後ろから、宗方がイタズラ好きの子供のように笑って声をかけてきた。甘利田が振り返ると、覗き込んできている。

慌てて献立表を身体で覆って隠し「さあ……なんでしょう」と平静を装い誤魔化した。

「楽しみな献立なんですね。だって、今日はいつもより笑顔が強めです」

「はっ、勘違いでしょ」

「毎日見てたらわかるようになりました。甘利田先生の笑顔レベル」

ふふと得意げに笑いながら、宗方は隣の自分の席に座る。

「そんなもの観察して、何になるんですか」

「何にもなりませんけど、私が楽しいから。それでいいんです」

――一緒にすもも漬けを食べて以降、態度が柔らかくなった宗方。元々の責任感の強さや、学年主任という立場から、日々の生活で「何かを楽しむ」という余裕がなかったように見えた。それが最近は、こうやって他愛ないことも話すようになった。

甘利田にとって、「密かに給食を愛する」という点では煩わしさがないとは言わないが。

「……そうですか」

――決して悪いことではない、と思っていた。

ホームルームの時間が近づき、甘利田は廊下を進む。しかし頭の中は、再び給食のことでいっぱいだった。

（今日のメインは牛肉とコンニャクの煮物。ついに来た。食肉界の大魔王、牛肉。この喜びは、もしかしたら顔に出てしまっていたかもしれない。妄想にふけるのは、一人のときだけにしよう）

宗方の指摘を受けた時点で、「かもしれない」どころではないのだが——そんなことはどうでもいい。改めて給食のことを思い、頰を緩ませる。

その後方を、同じく教室に向かっている神野が歩いていることに、甘利田は気づいていなかった。そしてその神野も——甘利田と同じように、頰を緩ませ笑っていた。

お互いの表情が見えない距離と位置で、甘利田と神野は同じようにニヤニヤしていた。

（ああ楽しみだ。断言できる。今このときこの学校で、牛肉を心待ちにしているのは私ただ一人）

楽しみにしている給食の時間を無事迎えられることを、このときの二人は疑いもしていなかった。

三年一組の、朝のホームルーム。教壇に立つ甘利田の隣に、坂田がいた。

「そういうわけで、坂田は今日を最後に転校することになった。皆笑顔で見送るように」

事情を説明した甘利田は、「じゃあ坂田、一言挨拶しろ」と促す。

教室中から注目されているためか、緊張した様子で視線を落とし、おどおどしている坂田に「ビビるなって」と的場がヤジを飛ばす。それに反応して、笑い声が上がった。

「えっと……このクラスは半年でしたけど、色々面白かったです……えっと……」

笑いが上がったことで多少緊張がほぐれたのか、どうにか挨拶の言葉を口にする坂田。一年に満たない、半年という時間が、却って「寂しい別れ」という暗い雰囲気を抑えてくれたのかもしれない。教室内は、いつも通りの雰囲気だった。

再び言葉が出なくなった坂田に、またも的場が「お前が一番面白いんだよ」と声を上げる。さっきよりも大きな笑い声が響く。それに後押しされたのか、再び坂田が口を開く。

「引っ越しはしたくないけど、母さんの仕事の都合なので諦めます。ただ……」

今度は、明らかに口ごもった。緊張とかではなく、何か言いにくいことを言えずにいる感じに、「どうしたんだよ」という声が聞こえても、坂田は答えなかった。

「ただ……どうした？」

甘利田が先を促すも、「あ……いえ、なんでもありません」とだけ言って、坂田はそのまま黙ってしまった。

すると、神野が挙手した。「……なんだ、神野」と声をかけると、神野は立ち上がる。

「僕もお母さんの仕事の都合で引っ越してきました。坂田くんも同じなので、少し気持ちがわかります」

（なぜ突然演説を始めるんだコイツ）

甘利田がそんなことを思う間にも、神野は続けた。

「新天地で気にならないように、この学校に悔いが残らないようにしてください」

神野の言葉に、坂田は一瞬目を見開くと拳を強く握った。何か、感じるものがあったようだ。

「ちなみに僕は、前の学校で飼育係だったとき可愛がっていたミドリガメをもらいました」

瞬間、教室で「おおー」と声が上がる。尊敬にも似た眼差しを向けられた神野は、笑顔でそれらに応える。坂田も、驚いたような、感心するような表情で神野を見ていた。

坂田の握ったままの拳には、先ほど母親から持たされたボールペンの束が入ったビニール袋がある。

「……坂田、それ、いいのか」

甘利田に指摘され、視線がボールペンに向いていることに気づいた坂田は「はあ……いいです」と気の抜けた返事をした。

「ホームルームを始める。坂田、席に戻れ」

その言葉を受け、坂田が席に戻ると同時に、甘利田はホームルームを始めた。

一時間目の授業が終わったあとの休み時間。今日が最後となる坂田の席に、的場と数人の生徒たちが集まっていた。

「お前んち、母ちゃん何やってるの？」

坂田の真正面に立つ的場がたずねる。

「保険の外交」

「外交って？　保険のおばちゃん？」

「そう」

的場の言葉に答えている坂田だったが――その視線は、女子生徒とおしゃべりしている学級委員の皆川に向いていた。

何かを決意したように立ち上がると、坂田は早足で皆川に歩み寄る。その行動に何かを察した的場たちは、近くの生徒とヒソヒソ話しながら坂田を見守る。

「皆川さん」

「何？」

「ちょっと話があるんだ」

坂田がそう言った瞬間、「いったー」と的場たちが盛り上がり、皆川と話していた女子生徒たちも「きゃー」と歓声を上げる。周りの反応から何かを察した皆川は、自然と照れたように頬を赤らめた。

「え、何の話？」

「次の休み時間に、校舎裏に来てくれる？」

「……いいけど」

「じゃあ、お願い」

周りからの視線に耐えかねてか、バツが悪そうな表情で坂田は廊下に出て行った。

坂田がいなくなると、一気に「おおー」と歓声が上がったり「悔いは残せませんなー」と茶化すような言葉が行き交ったり騒がしくなるのだった。

ちなみに、神野はそんな状況に少しも興味がないとばかりに、ノートに絵を描いていた。


坂田が指定した、次の休み時間。

建物の壁に面して、窓もない「校舎裏」。校庭からも死角になっているので、「校舎裏」と言われればここ、というほど内緒話によく使われる場所だ。しかしいつ来るかわかれば覗き放題なため、的場と数人の生徒たちは建物の陰に隠れてしっかり覗き見していた。

彼らの視線の先には、坂田と皆川が向かい合って立っていた。

「話って何？」

照れているのか、皆川が俯いてそう話を切り出すと、坂田は一歩前に出て顔を近づけた。

その真剣な眼差しに、皆川はさらに照れて頬を赤らめる。

「折り入って、お願いがあるんだ」

「お願い？」

「皆川さんが持っている給食のおかわり券なんだけど」

それを聞いた瞬間、皆川は顔を上げた。「え？」と目を丸くしている。

「僕に譲ってもらえませんか？」

「え……え？」

「僕は今日で転校になるから、最後に豪華な給食を食べたいなって思って」

「話って……それ？」

皆川の声のトーンが低くなった。明らかに不機嫌になっているが、坂田は気づいていないのか、そのまま続ける。

「皆川さんがおかわり券をため込んでいるのはわかっているんだ。僕と違って何度も当選してるからね。だから一生のお願い。一枚でいいから、僕にください」

そう言って、坂田は頭を下げながら手を差し出した。

「お断りします」

即答だった。ぷいっと顔を背けると、皆川は坂田を置いて足早にその場を去る。

建物の陰に隠れていた的場たちの横を、特に気にした様子もなく素通りする。的場たちに気づいているのかいないのか、それよりも、愛の告白かと思ったらおかわり券をせびられただけだったことに憤慨して、それどころではなかったのか。

「……あれ……なんか、ダメだった？」

　皆川の背中が消え、的場がもう一度坂田のほうを見ると――手を出し、頭を下げたままだった。


　ところ変わって、配膳室前。次の四時間目が終われば給食の時間なので、それまでに間に合うように作業を進めている牧野たち。そこに、男子生徒が現れた。

　坂田だ。配膳室の外から中を覗き込み、辺りをうかがっている。何かを探しているようにも見えるが、ただ見ているだけなのかもしれない。

「どうしたの、君」

　それに気づいた牧野が坂田に声をかける。

「……あ……いえ……」

「もうすぐ給食だから、あと一時間頑張りなさい」

　言われて牧野を見て、再び配膳室を見る坂田。何を言うわけでもなく、結局名残惜しそうにしながらも配膳室から去っていった。

　牧野は坂田を見送ると、再び作業に戻った。

　しばらくすると、そこに甘利田が現れた。配膳室の中を覗き込む姿は、先ほどの坂田とほとんど同じだ。当然、甘利田はそんなことを知る由もないが。

今日使う食器の準備をしていた牧野が、その姿を見て思わず吹き出した。

「ちょっと先生」

「ああ、お疲れさまです」

「それじゃあ生徒と一緒じゃないの」

呆れの混ざった笑いで言う牧野に「生徒……」と一瞬甘利田は考えた。

「また神野が来ましたか」

「あ、今日は神野くんじゃなくて別の子。確か、坂田くんって言ったかな」

坂田の名前を聞いた瞬間、甘利田の中で何かが引っかかった。坂田が今まで配膳室を見に来ているのに遭遇（そうぐう）したことはない。牧野から話を聞いたのも、今回が初めてだ。

たまにはそういうことも、あるかもしれない。だが今朝母親と一緒に職員室に来たときや、ホームルームでの様子を思い返すと——何かが引っかかった。引っかかりの正体は、甘利田にはわからないけれど。

「今日はなんたって、ギュウですからね」

牧野の言葉で、現実に引き戻される甘利田。

「ギュウとは」

「牛よ」

「牛……ああ、牛ですか」

今日の献立を把握している人間ならわかる言い回し。だが甘利田は、今知ったかのようにとぼける。こんな安直な手に引っかかる甘利田ではないのだった。

そのまま素知らぬ顔で立ち去る甘利田を、牧野は微笑んで見送った。


四時間目の授業が終わった。三年一組の給食当番たちは、専用の白衣に着替えている。今日の当番には、神野と、今日で黍名子中学での給食が最後である坂田もいた。

配膳室から、スープや煮物の入った寸胴鍋、炒め物や揚げ物などのおかずを入れる給食缶、瓶牛乳の入ったカゴなどを、当番たちは教室のテーブルの上に運んでいく。

待ちきれない生徒たち――と甘利田が、すでに列を作って待機している。

ほとんどを運び終えた中――コッペパンの入ったコンテナを抱える坂田が、教室に入ろうとしない。そのことに気づいた神野が、中から声をかけた。

「坂田くん、パンはここに置いて」

長テーブルの空いている場所を指し示す神野。どこか硬い声の神野に気づいた甘利田も、廊下のほうを見た。

動かない坂田に、神野が「坂田くん」ともう一度促すと――

「神野くん、ごめん」

坂田はそう言い放つと、コッペパンの入ったコンテナを抱えたまま駆け出した。

「坂田くん！」

切羽詰まった神野の声に、甘利田は慌てて廊下に出た。そこには、曲がり角近くまで逃げている坂田の後ろ姿と、それを追う神野の姿があった。

「お前ら、とりあえず準備してろ」

教室にいる生徒たちに言い残すと、甘利田も廊下に飛び出していった。


遅れて追い始めたのもあって、甘利田は神野と坂田を途中で見失った。姿が見えなくなっても、中学生の行きそうなところを見て回りながら、全力で走り続ける。

最終的に、土手の上に白衣のままたたずんでいる神野の姿を見つけることができた。

「坂田はどうした」

神野は黙ったまま、土手の下にある草むらを指さした。その先を見ると、空き地に風雨に晒(さら)されるトタン屋根の小屋があった。その手前に、坂田の姿が見えた。

甘利田と神野は土手を降り、坂田の背後に立つ。

坂田が抱えているコッペパンのコンテナのそばには、二人にも見覚えのある犬——シンゲンがいた。

静かに甘利田が「坂田」と声をかけると、観念したように坂田は振り返る。

「坂田くん」

神野の呼びかけにも何も言わない坂田を尻目に、コンテナを見上げていたシンゲンが甘利田に気づいて近寄ってきた。神野と坂田が向かい合うのを見て、甘利田は小屋の前にある古い椅子に座る。シンゲンは、甘利田の足元で丸まった。

「……その子に、あげるために？」

神野の言葉に、坂田は無言でうなずいた。その腕には、しっかりコッペパン入りのコンテナが抱えられたままだ。

「こんなにたくさんのパン、どうするつもりだったの」

「この小屋に入れておけば、しばらく持つかなって」

「毎日あげてたんだね」

「今日でお別れだから……何日か分だけでもと思って」

坂田がそこまで言うと、甘利田は「お前はバカか」と容赦なく切り捨てた。

「こんなところに入れておいたら、犬は好きなだけ食う。あっという間になくなるだけだ」

「それでも、少しだけ安心したかったから」

「お前の安心のために、皆の給食を犠牲（ぎせい）にしろってことか」

正論を突きつけられ、坂田は「それは……」と口ごもる。甘利田は続けた。

「お前がやったことは窃盗だ。理由がなんであれ自分の欲のために他人を犠牲にしたら罪になる」

「僕の欲ではありません。あくまでシンゲンのために……」

「シンゲンに良くしてあげたいというお前の欲だということに、なぜ気づけない」

余すところなく正論ではあるが——正論は、時に人を追い詰める。坂田は納得がいかないとばかりに甘利田と神野を見た。

「……犬だって、給食が好きなんです。神野くんや先生と同じじゃないですか」

そう言われた甘利田は、押し黙った。給食好きがとっくにバレていたということに、ほんの少しだけ動揺する。神野も「給食が好きだ」と言われて、どう返せばいいかわからないのか、黙っていた。

坂田はさらに、声を震わせながら続ける。

「一度でいいから、シンゲンと一緒に給食が食べたかった……」

そこまで言ったときには、涙を流していた。震えた声に気づいたのか、甘利田の足元にいたシンゲンが、坂田のそばまでやってくる。

「——だったら、一緒に食べればいい」

甘利田はキッパリそう言って立ち上がった。予想外だったのか「え？」と涙が引っ込む坂田。

「ただし、教室に犬は入れられん。校舎裏辺りでどうだ」

坂田は驚きのあまり返事をしない。だが拒否はしなかった。

「神野、そこに一食分持って行ってやれ」

「わかりました」

神野がしっかりうなずく。そこでようやく、坂田が「先生」と反応を見せた。

「だから、そのコッペパンを返せ」

「あ……じゃあ……はい」

甘利田の言葉に流されるように、コッペパン入りのコンテナを差し出す坂田。

「神野、確保だ」

瞬間、神野は素早く坂田からコンテナを奪い取った。坂田は思わず「あっ」と焦った声を上げる。

「大丈夫だ。約束は守る。ダッシュで帰るぞ」

腕時計を見て時間を確認すると、甘利田は小走りでその場を離れた。コンテナを持った神野が続き、シンゲンを抱えた坂田もあとを追いかけていくのだった。

甘利田と神野は教室に戻り、坂田は校舎裏へ。戻ったときにはほとんど配膳が終わっていて、あとはコッペパンを残すのみとなっていた。回収したコッペパンを全員に配り、坂田の分として席に置かれていたトレイを、神野は急いで校舎裏へ運んだ。

校歌が終わってしばらくして神野が戻ってきて、自分の席についた。甘利田に促された日直が前に出ると「手を合わせてください」という掛け声で皆は手を合わせて「いたーだきます」――給食の時間が始まった。

教室がいつもの騒がしさを取り戻すと同時に、甘利田はメガネを外し、真剣にトレイの上を見る。

（今日のメニューは、久々の大物、牛肉とコンニャクの煮物。その陰に隠れる形になったが、実は堂々とメインを張れるこちらも大物、ハムとチーズの挟み揚げ）

牛肉とゴボウ、いびつな形のコンニャクが、醬油の香ばしさと出汁の香りが混ざった湯気を上げている。隣の器には、きつね色にカラッと揚がった円盤状の揚げ物があった。

さらにコッペパン、パッケージに「カスタードプリン」と書かれたカップ。

（そして無事救出された。コッペパン。デザートは嬉しいカスタードプリンだ。まさに百花繚乱(ひゃっかりょうらん)。牛肉というトップスターを迎えるために、重鎮からアイドルまで売れっ子を揃えた、正月映画の様相だ）

目を閉じ、精神統一を始める甘利田――その様子を、廊下から宗方が見つめているが、そのことにはいつもながら、まったく気付いていないのだった。

（まずは敬意を表して、主役から）

先割れスプーンを手に、煮物の牛肉を口に入れる。目を閉じ、ゆっくり味わう。醤油と出汁を吸い上げた、豚肉よりも濃厚な脂が香ばしく風味豊かな味わいを生む。

（うまい。さすが座長。これから始まる物語に大きな期待を抱かされる、貫禄の味だ。硬すぎず柔らかすぎず、あくまで守られている給食クオリティ。もういくらでも食べられる）

食感もじっくり楽しむと、今度はゴボウとコンニャクをまとめて頰張る。

（主役を支える二大巨頭、この器の金角銀角がコンニャクとゴボウ。剛のゴボウと柔のコンニャク。両極端の食感が同じ出汁に染まりながらも個性をぶつけ合う）

どんどん食べ進める中、ふといびつな形のコンニャクを掬って眺める。

（特にこのコンニャクが、ちぎりコンニャクなのが嬉しい。人のぬくもりを感じる）

形を再確認し、口に放り込む。牛肉の脂をまとった醬油と出汁の味わいが、弾力あるコンニャクの食感をさらに楽しませた。

（コンニャクというと四角くスライスされているか、糸コンニャクのような形状が普通だが、このメニューのコンニャクは無作為にちぎっている。この手間を惜しまない姿勢がすごい。包丁でガンガン切ったほうが早いにきまっているのに、あえてこのちぎり。このほうが煮込んだときの味の染み具合が違う。ありがとう。ちぎりに感謝）

コンニャクを飲み込むと目を閉じ、感謝の意を示す。次に備えて瓶牛乳で口の中を潤すと、続いてハムとチーズの挟み揚げに先割れスプーンを持つ手を伸ばした。

(子供たちにアンケートを取ってみたら、このメニューは好きな献立トップ一〇に入るだろう。見た目、ネーミング、味、すべてにおいて中学生を魅了してやまない)

齧りつくと、サクッといい音が響く。

衣のザクザク感と油で揚げた香ばしさ、ハムの塩の効いた脂ととろりとしたチーズのクリーミーさが、頰を緩めていく。

(そうそう、これこれ。外はカリカリ、中はとろーり。あらゆる揚げ物の基本の二重食感。見てくれ、この断面を。ハムの桃色とチーズの薄黄色が、きつね色の衣とともにコントラストを奏でている。そしてとろーりチーズがあふれている感じ。たまらない)

おいしい三つの色を視覚で愛でると、さらに一口かぶりつく。満足そうにゆっくり咀嚼してから、コッペパンを手に取った。ひとしきり眺めたあと、甘利田はコッペパンに頰ずりした。

(よく戻ってきたなお前。お前がいなかったら、こんな個性的な豪華キャストをまとめる奴がいなかったよ。どっしりと、いつでも構えてくれている頼れる重鎮、コッペパン)

そのままコッペパンをちぎろうとして——ふと甘利田の手が止まった。顔を上げると、神野がコッペパンにハムとチーズの挟み揚げを挟み、ハムチーズドッグを作っていた。

(あいつ！　やはりそう来たか)

嬉しそうな笑みで頬張り、噛み締めている神野を見つめる。

（挟み揚げをさらに挟んでのハムチーズドッグ！　そうか……奴もこのために、あんなに必死に坂田を追いかけたんだな）

甘利田の脳裏に、コッペパンのコンテナを抱えて逃げる坂田を追う神野の姿が浮かんだ。

（いや、坂田を追いかけたんじゃない。コッペパンを追いかけたんだ……そう、あれは青春映画にありがちな、別れ行く友を思ってのことでも、転校する生徒を心配してのことでもない。我々はただ、コッペパンを取り戻したかったに過ぎない）

自分も含め、とにかくコッペパンが大事だった。いつもなら神野の言動を否定してばかりだった甘利田が、神野と自分の行動原理は同じであると理解していた。

（そのためだったら、犬をこっそり校舎裏に入れるリスクぐらい取る。そういった意味で、私と神野は今日、クラスの給食を救った、いわば同志だったんじゃないのか）

元々、神野とは同じ給食道を追い求める同志だ。常節中学の頃に、そこは理解していたはずだった。それでも神野の自由さを改めて目の当たりにした甘利田は、再び「大人であること」に対して頑なになっていた。どこかでまた、負けてはいけないという気持ちに囚われていたが、今日は、今日は——

（……そうか。今日は、そういう日なのかもしれない）

素直にそう思うと同時に、甘利田は姿勢を正した。そして、再びコッペパンと向き合う。

（私だって――ハムチーズドッグが食べたーい！）

欲望に素直になると同時に、先割れスプーンを手にコッペパンに切り込みを入れ、すでに少し齧った挟み揚げを挟みやすい大きさにカット。切り込みを入れたコッペパンに挟んだ。どどん、と存在感のあるハムチーズドッグを中央に置く。

（では……いざ！）

煮物の残りの牛肉、ゴボウ、コンニャクをかき込んで食べ、ハムチーズドッグにかぶりつく。咀嚼して飲み込んだあとに牛乳を流し込み、プリンもしっかり食べる。

一方、神野も同じような速度、動き、順番で次々と食べ続けていた。

甘利田は、自分のトレイしか見ていないが――

（感じる。奴を感じるぞ。見なくともわかる。今奴と私はシンクロしている。同じ給食道を歩む者として、同じ目的のために同じ歩幅で進んでいる）

手を動かしながら、食べ続けながら、甘利田はふと思い出す――コンテナを抱えて逃げた坂田を、ひたすら追いかけたときのことを。

時に見失い、それでもひたすら探し求め、たどり着いた。

（そうか、さっき坂田を追ったあの道は、我々が歩んでいる給食道そのものだったんだ。だから疲れを感じなかった――今、我々は、充実している）

豪快に食べ、飲み――甘利田と神野が、ほぼ同じタイミングで食べ切った。その勢いで、甘利田は椅子に背中を預ける。

（今日も、仕上がった……）

目を閉じた甘利田と、天を見上げる神野は——同時に「ごちそうさまでした」と呟いた。

（今日の判定は……あえてドローということにしておこう）

勝利ではなく、引き分け。そう表現した心中には、競い、争うのではなく、ただ純粋に「給食をおいしく食べる」「食べたいように食べる」という、素直な欲求に従った清々しさがあった。

今の甘利田は、心から穏やかで、幸福に満ちた時間を過ごしていた。


放課後——宗方は教育委員会の応接室にいた。ソファに座って呼び出した相手を待つ間、宗方は今日の給食のときのことを思い返す。

甘利田、そして神野の給食道を——宗方は一人、廊下から見守っていた。

コッペパンに頰ずりする甘利田や、神野と動きがシンクロしていくところ、ほぼ同時に食べ終わるところまで、すべて。

甘利田と神野が、あまりに楽しそうに、幸せそうに食べるのを見て、宗方は思わず笑みがこぼれていた。見ているだけの自分まで幸せをもらっているような、そんな気持ちになっていたのだ。

初めて見てからしばらくは、ぎょっとしていた。給食への異様な執着、それ以外への興味のなさに腹が立つこともあった。今でも、「変ではない」とまでは思わない。

だがそれでも——好きなものに全力を尽くすというのは、ああいうことなのだろう。宗方は、甘利田と接するうちにそれがわかってきた気がした。

「……」

だから宗方は今、ここにいる。

宗方が決意を新たにしたとき、応接室の扉が開いた。廊下から忙しなく入ってきたのは——鏑木だった。

「お待たせしました、宗方先生。どうしたんですか、そちらからわざわざ」

鏑木が応接室のソファに腰を下ろす前に、宗方は立ち上がった。

「あの……鏑木さん」

緊張した様子で口を開く宗方を遮って、鏑木は嬉しそうに言った。

「例のいただいた写真ね、効果てきめんでしたよ」

それを聞いた瞬間、宗方は言葉を失った。

「理事の連中がネタを欲しがってましてね。来週の諮問委員会で議題に挙げてます。問題教師の芽は、早めに摘み取れってね」

「甘利田先生に、問題なんかありません」

爽快とばかりに笑う鏑木に、宗方は真剣に言い放った。鏑木は驚きに目を丸くした。

「は？　だってあなた」

「私は、間違っていました。甘利田先生は誤解されやすいだけで、素晴らしい教師です」

必死に訴えかける宗方だが、鏑木の顔からはすでに驚きの色は消えていた。

「おや、旗色が変わりましたね。何かありました？」

「鏑木さんも、誤解されているんだと思います。ですので、私はもう……」

おどけるように言った鏑木だったが、宗方が本気だとわかったからか、その表情は消えた。厳しく、冷たい顔つきになっている。

「もうサイは投げられた。諮問委員会で採択されて、いずれお宅の学校で審議に掛けられる。その際の摘発者は、写真を提出したあなただ」

追い詰めるように、容赦なく見据えてくる鏑木に、宗方の表情が強張る。

「そんな……」

「もう、遅いんですよ」

追い打ちをかける鏑木の口元は、笑ってさえいた。だが目の前の男のことより、宗方は自分の行動が招いた結末に——ただただ絶望していた。

空は赤みを帯び、夜が近づきつつある夕方。下校時間はとっくに過ぎていた。

校舎裏近くで甘利田が立っていると、シンゲンを連れた坂田がやってきた。

「先生」

「やっと起きたか」

甘利田は、坂田がなかなか戻ってこないので一度様子を見に行っていた。シンゲンと一緒に眠っているのを見て、そっとしておいたのだ。

「なんか寝ちゃいました」

「もうみんな下校したぞ」

コッペパンのコンテナを持ち去ってから、結局坂田は一度も教室に戻らなかった。三年一組の生徒たちも、いなくなった坂田を特別気にした様子はなく、その後の時間は流れていった。担任である甘利田の影響なのか、生徒たち自身の気質なのかは定かではないが、派手に送り出されることを望まない者を、無理やり構う必要はないと判断したのだろう。

転校前最後の給食だったというのに、本来なら寂しい最終日かもしれない。

だが「そうですか」と返す坂田の表情から、後悔も寂しさも読み取れなかった。持っていた食器の載ったトレイを坂田から差し出され、甘利田は受け取る。

「先生、僕決めました」

坂田の決意に満ちた声に、甘利田は無言のまま続きを待つ。

「シンゲンを、連れて行こうと思います」

「お母さん、大丈夫なのか」

「わからないけど……お母さんの口癖が『友達だけは大事にしろ』なんです」

坂田の話を聞きながら、母親の言う「友達」は、クラスメイトたちのことだろうと察していた。しかし、それをわざわざ口にすることはなかった。

「シンゲンは、今までで一番の——僕の友達ですから」

坂田のこの言葉が、すべてを示している。だから甘利田は「そうか」と短く返した。持ってきていた坂田のカバンを差し出すと、坂田は「ありがとうございます」と受け取る。

「あ、そうだ」

受け取ったカバンを開けて、ビニール袋を取り出した。

「先生から、みんなに渡してあげてください」

「わかった」

「じゃあ、お世話になりました」

「おう。達者でな」

朝、職員室では渋っていた別れの挨拶。心残りがなくなった坂田は、しっかりした声で挨拶した。甘利田も、素直に挨拶を返す。

そのまま坂田は立ち去ろうとするが——シンゲンは動かなかった。坂田のほうへ行くどころか、甘利田の足元までやってきて座り込む。

そんなシンゲンを、甘利田は屈んで撫でてやった。

(私は給食が好きだ。そのために学校に来ていると言っていい。それは孤独な戦いで、それでいいと思っていた。いつの間にか同じ道を歩む同志ができていた)

給食のことを考えているときとも違う、屈託のない無邪気な笑顔で――甘利田はシンゲンの頭を、背中を撫でて戯れる。

(そして今日――一匹の同志との別れを、自覚した)

しばらく戯れたあと――シンゲンは、坂田と共に甘利田のもとを去って行った。

ラストメニュー

秋は、栗ご飯とともに

夏休みが終わっても、まだ残暑が続く朝——黍名子中学校、校門前。甘利田、宗方、真野の三人が立っていた。

以前は真面目な顔つきが多かった宗方は、明るい笑顔で生徒たちと挨拶を交わしている。

真野は相変わらず、ふざけるようなテンションで生徒たちとハイタッチを交わしていた。

そして甘利田もいつも通り、挨拶を返す中、身だしなみチェックの厳しい声を飛ばす。

夏休みが終わったことで、甘利田は給食のある毎日を取り戻していた。

（私は給食が好きだ。給食のために学校に来ていると言っても過言ではない。だがそんなことは、誰にも知られてはならない。教師としての威厳が失墜してしまうからだ）

いつものようにそんなことを考えていると、見覚えのある笑顔が近づいてきた。

神野だ。

（だが唯一、そんな私を見透かしている奴がいる）

実際には唯一でもなんでもないのだが——そんなことはともかく。神野が「おはようございます」と挨拶してそのまま通り過ぎようとしたところで。

「神野」

甘利田は声をかけた。「はい」と返事をし、神野は振り返る。

「毎朝毎朝、何を笑っている」

「特に理由はありません」

「何もないのに笑う奴は嘘くさい」

以前にもあったやり取り。まだ「見透かしている」などと甘利田が思う前の話だ。

「しいて言えば、毎朝先生に会うのが楽しみだからでしょうか」

そう神野が言った瞬間、そばにいた宗方が「ぷっ」と吹き出した。何か思うところがあったようだが、甘利田には知る由もない。

甘利田は、ぐいっと顔を神野に近づけて圧をかけた。

「お前、バカにしてるな」

「とんでもありません」

眉間に皺を寄せ、鋭い視線と低い声に射抜かれても、神野は少しも動揺していない。それこそ「そんな態度を取っていても、お見通しだ」とでも言わんばかりに。

甘利田が「もう行け」と顔を離すと、神野はペコリと頭を下げて校門を通って行った。

微笑んでいる宗方の顔が見えた甘利田は、すぐに視線をそらす。

校門に向かってくる生徒たちの中に――スーツ姿の、見覚えのある男が視界に入り、甘利田は動きを止めた。すぐに宗方も気づき、表情が強張る。

宗方の前で足を止めたのは――鏑木だった。

「おはようございます」

「……おはようございます」

甘利田のほうを一切見ない鏑木に、宗方は緊張した面持ちで挨拶を返す。

「今日は大事な日になりますよ」

「……どういう意味でしょうか」

「またまた、わかってるくせに」

少し大きな声で、軽く笑ってみせる鏑木。聞こえていないかのように、甘利田は服装チェックに戻っていた。そんな甘利田の様子を、鏑木はチラリと見る。

「失敬」

そう言って扇子を取り出すと、扇ぎながらズカズカ大股で校門を通っていくのだった。

校門での身だしなみチェックを終え、職員室の自席に戻った甘利田。今日も今日とて、こっそり献立表を見つめている。

(今日のメニューは、秋の訪れを祝う飯、栗ご飯。給食において最もアニバーサリーなデザート、三色ゼリーがつくという念願の取り合わせだ。まさに季節の変わり目にハッキリと楔を打ち込む献立。昼にはマロンが待っている!)

最初はこっそりでも、献立に思いを馳せるうちに堂々とにやけ顔を晒すのも、相変わらずだった。

　その様子を、宗方は微笑ましく見守っていた。その視線にも気づかず、献立への妄想を膨らませ続けている甘利田。

「宗方先生、ちょっと」

　呼ばれて宗方が顔を向けると、校長室の扉から、箕輪が顔を出していた。

　宗方の表情に緊張が走る。今朝、鏑木に挨拶されたときから覚悟はしていた。

　宗方が席を立ち、校長室の扉に歩み寄る。箕輪は、宗方の後方を見ていた。振り返ると、変わらず甘利田は献立表に夢中だった。

　幸せそうな甘利田を尻目に、宗方と箕輪は校長室へ。

　応接用のソファには、すでに鏑木が座っていた。向かい側に箕輪が腰を下ろすと、その隣に宗方は座った。

「あの、なんでしょう」

「今日の放課後、緊急職員会議を開いていただきます」

　ついに、そのときが来た。覚悟はしていても、やはり宗方は納得できなかった。

「教育委員会で討議されて、甘利田先生の素行に問題ありとなったみたいで」

　何も言わない宗方に説明する箕輪。あまり驚いている様子はない。

「宗方先生からの内部告発が受理された、ということです」

「ちょっと待ってください……」

宗方が鏑木に渡した写真が招いた結果なのは事実だろう。だが取り下げたいと願っていた宗方にとって、鏑木のこの言い方は悪意に満ちていた。

「待てません。そう申し上げましたよね」

「だってそれは……」

言い淀む宗方に構わず、鏑木は続ける。

「教師が毎下校時に近所の駄菓子屋で買い食いしてもいいとお思いですか？」

「それは……べつに犯罪では」

「教師が生徒以上に給食に対して異常な熱情を持っているのは、どうですか？」

宗方が言い切る前に、鏑木が遮る。さらに「それだって特に……」と宗方は続けようとするが。

「特に問題ないですか？　生徒たちに悪影響がないと言い切れますか？」

畳みかける鏑木。ついに宗方は、言い返せなくなってしまった。今ここで否定しても、鏑木が聞く耳を持つとは思えない。

「あなただって、問題ありと思っていたはずだ。だから内部告発もした」

「今は違います」

「あなたがデマを流したことになりますよ。そうなったら、ご自分の立場も危うくなる」

ここまで来ると、ただ宗方が邪魔をしないよう、脅そうとしているだけにしか聞こえない。さすがに聞き捨てならなかったのか、「ちょっと鏑木さん」と箕輪が口を挟む。

「今日は、私の上席にあたる教育委員も出席します。あくまで聴聞会の形を取りますが、実質は彼の素行を問う裁判だと思っていただいて結構です」

「穏やかではありませんな」

「彼への質問者は、宗方先生、あなたがやってください」

どうにか止めようとしてくれている箕輪だが、鏑木は一切取り合おうとしなかった。

「そんな……できません！」

「当然でしょう。告発者本人なんだから」

必死に拒否する宗方の言葉も、鏑木は容赦なく切り捨てた。

「甘利田先生を、辞めさせるおつもりですか？」

宗方の代わりに、箕輪がたずねる。鏑木は軽く笑って答えた。

「そんなことは考えてませんよ」

「じゃあ、また転勤ですか」

箕輪の言葉に答えるように、鏑木は口の端を上げて懐から書類を取り出した。

「彼の素行は直らないと踏んでいます。一番手軽で、確実な方法があります」

取り出した書類を開き、ローテーブルに置く。宗方と箕輪がその紙を覗き込んだ。

「それ以上、効く手はない」

鏑木の確信が正しいことを示すように、宗方と箕輪の表情が強張った。

三年一組の黒板には、「秋の遠足の班決め」と白いチョークで書かれている。今朝のホームルームの議題だ。

学級委員の皆川が、教壇の上で司会進行している。

「秋の遠足は、黍名子高原ハイランドパークになります。登山が少し入りますので、遠足の班は運動が得意な子と苦手な子、男子と女子それぞれバランスよく考えて決めるように先生から指示を受けています」

その指示をした甘利田に話を聞いている様子はなく、またも給食に思いを馳せていた。

(栗ご飯の醍醐味は、栗の甘さと食感だ。芳醇という言葉が最も似合う果物は栗であると断言していい)

「班決めをどうやってすすめたらいいか、意見がある人はお願いします」

皆川が生徒たち全員に向けて言うと、何人か挙手があった。近くにいた生徒から話を聞いていく。

(元々木になっているときは、あのトゲトゲの悪意の塊のような殻に覆われている。まるで宝物を守る要塞のようなあのトゲトゲの殻。そう、その中に眠る甘味の世界は、この世の神秘だ……）

発言者以外も、思い思いに喋る生徒たちの声が広がり、騒がしくなる教室。しかし甘利田だけは、妄想の中で幸せそうに笑っていた。

給食について考え、幸せな時間を過ごしているとき、校長室で何が起きているかなど——今の甘利田には知りようもない。そして今日も変わらず、おいしい給食を楽しめると信じて疑わないのだった。

ホームルームが終わり、時間の空いた甘利田は花壇に来ていた。ジョウロで水遣りをしていると「先生」と声をかけられる。

振り返ると、ジョウロを手にした宗方が立っていた。

「校長からお願いされて」

「そうですか」

短いやり取りのあと、二人揃って花壇に水を撒く。

「……今日の放課後に、緊急職員会議があります」

ジョウロを傾けながら、宗方が緊張した声で切り出してきた。

「教育委員会の鏑木さんも出席します。甘利田先生を糾弾する会だそうです」

「へえ」

「怖くないんですか」

「べつに。またどこかの中学に飛ばされるくらいでしょう」

「そうじゃないそうです」

特別気にした様子のなかった甘利田が、初めて興味を持ったように「と言うと？」と宗方に顔を向ける。宗方は、暗い顔をしていた。

「この学校、教師だけ弁当にするそうです」

それを聞いた瞬間——甘利田の動きが止まった。同時に、その手からジョウロが落ちる。甘利田の目が見開かれ、身体が痙攣(けいれん)するかのようにわなわなと震えだした。

「先生」

「……なんですか、それ」

どうにか絞り出した声も震えていた。

「それじゃあまるで、私が給食だけが楽しみで学校に来ているみたいじゃないですか」

「え……」

宗方は言葉を続けなかったが、顔にはしっかり「違うんですか?」と書いてあった。

「バカ言っちゃいけない。そんなこととして、一体何になるというんですか」

さも当然のことのように言う。震える声も、「事実ではないこと」に対して憤慨しているように思えなくもない。

しかし甘利田の給食好きを知っている宗方にとって、この言動は「教師は給食が食べられなくなる」ということに動揺しているとしか思えなかった。

「甘利田先生、しっかりしてください」

「しっかりしてますとも。あの海坊主もヤキが回りましたね。私を糾弾するのに、給食を取り上げるなんて、一体何を考えているんだか」

それが一番効果的だと知っているからこその、ピンポイントの攻撃。着実に、甘利田にダメージを与えていた。

「先生落ち着いてください。まだ決まったわけではありませんから」

「落ち着いてますとも。へえ。そんなことを。へえ」

ふらり、と今にも倒れそうな動きで、甘利田は花壇を立ち去って行った。

「あの、ちょっと……甘利田先生！」

宗方の声が、校庭の隅で虚しく響き渡る。

その足元では、転がったジョウロから——花が生きるための糧である水が、溢れ出ていた。

配膳室前では、神野が今日の給食の様子を見に来ていた。外から中を覗き込むと、ちょうど菱形の三色ゼリーがぎっしり詰まったワゴンが運び込まれているところだった。

ピンク、白、緑、色鮮やかな三色ゼリーの山に、思わず見入ってしまう。

そのワゴンを運んでいたのは、牧野だった。神野の存在に気づいた牧野は、そのまま見せびらかすように神野の前までワゴンを持ってきた。

「神野くん、これ見て。まるで夢のようね」

「はい」

「もうすぐ食べられるわよ」

「とても楽しみです」

目の前までやってきた三色ゼリーに、素直な笑みを見せる神野。

「また何か今日も考えてるの？」

「さあ。どうでしょう」

「毎日甘利田先生と、給食対決してるんだもんね」

「対決なんてしてません。僕は先生に、喜んでほしいだけです」

笑顔の牧野に、神野は即答した。予想外の反応に「え？　そうなの？」と牧野は戸惑う。

神野にとって、給食は競うものではなく——共に楽しむものなのだろう。敵意のようなものを向けている甘利田の本心も、神野は見抜いていたのかもしれない。

そんなやり取りをしていると——フラフラした足取りの甘利田が通りかかった。

「あ、先生」

牧野に呼ばれて立ち止まった甘利田が振り返る。顔色が悪く、力を失ってふらつく姿に、牧野と神野の表情が戸惑いに変わった。

「え、どうしました？」

「……いえ」

「ほら、見て。三色ゼリー」

牧野がワゴンを見せても、甘利田の反応は薄い。

「神野くんなんて、楽しみでさっきからずっと見てるのよ」

「……お前らは、いいな」

力なく呟く甘利田に、牧野はわけもわからず「はい？」と声を上げる。疑問の声に答えることなく、甘利田はフラフラしたままその場を立ち去ってしまった。

「先生……どうしちゃったの、あれ」

「……」

甘利田の給食好きを知る神野に、答えられるはずもなかった。

チャイムの音が、四時間目終了を知らせる。給食係が白衣に着替えて配膳室へ急ぎ、教室では机を動かして給食の準備に入った。

配膳が済み、全員が席につく頃、校内放送で黍名子中学校校歌が流れると、生徒たちはいつも通り歌い始める。

しかし——甘利田は、自席で俯いたまま動かない。歌っている気配もなかった。

元気のない様子を、歌いながら生徒たちは不審そうに、廊下から様子を見ていた宗方は心配そうに見つめる。

すると突然——神野が立ち上がった。

椅子のガタンという音が、甘利田を見ていた生徒たちの視線を、神野に集める。

神野は立ったまま校歌を歌い続けた。いつもの甘利田のように腕をぶんぶん振り回し、力いっぱい、楽しそうに歌う。

それを見た他の生徒たちも、神野と同じように立ち上がり、腕を振って歌い始めた。音楽に乗って腕と身体を動かし——合唱コンクールのときのようだった。

力なく俯いていた甘利田がふと、顔を上げる。教室の異常な様子にようやく気づく。

三年一組の生徒たち全員が、甘利田に向かって校歌を歌っていた。全員が全員、自分を見て、ノリノリで歌っている状況に、甘利田は呆気に取られて固まっている。

普段の倍以上の声量と動きで盛り上がる中——校歌が終わる。歌い終わると同時に、教室がしーんと静まり返った。

「お前ら……バカみたいだな」

甘利田が真顔でそう言った瞬間、教室中に一気に笑いが弾けた。神野も、そして廊下で見守っていた宗方も笑っている。笑いに溢れた教室の雰囲気につられて、甘利田も呆れたように笑った。

バカみたい――給食前に、甘利田が同じように校歌を歌っていることを思えば、そっくりそのまま自分に返ってくる感想だ。だが今の甘利田に、そんな発想はなかった。

確かなのは、先ほどまでの絶望感やショックは、どこかに消えていること。

甘利田は確かに――その「バカみたい」な校歌を歌う生徒たちに、励まされていたのだ。

「日直」

気を取り直し、いつもの声で甘利田が言うと、日直が前に進み出る。「手を合わせてください」という声で、皆が手を合わせる。

「いただきます」

「いたーだきます」

――こうして、給食の時間が始まった。

甘利田はメガネを外す前に、目を閉じた。

（そうだ。何があろうとも、目の前の給食にはなんの罪もない。先のことはいい。今を生きることにこそ、意味がある。そうじゃなければ、私は私ではない）

今日が最後の給食かもしれないという不安と恐怖が、まだ消えたわけではない。だが生徒たちの「バカみたい」な校歌斉唱によって、いつもの気持ちを取り戻すことができた。

甘利田は目を開くとメガネを外し、いつもの真剣さが戻った眼差しで、トレイを見つめた。

(今日のメニューは、黄金色の悪魔的果物、栗を惜しみなく炊き込んだ、秋の緞帳を上げる栗ご飯。まろやかな主食に対して、攻撃的な濃い味を突きつけるテリッテリのスタミナ炒め。栗に意外にも合うニラ玉スープ。いつもの牛乳。そしてデザート界のクイーンオブハート、見目麗しいぜ三色ゼリー)

丸い黄色の栗が、白くふっくら炊きあがったご飯の上で存在感を放つのが、栗ご飯だ。茶色のタレが絡んだ豚レバーと野菜が照り焼きのように光り輝く、スタミナ炒め。絹のようにふわふわした黄色の卵と、ニラの緑が鮮やかなニラ玉スープ。すでに配膳室で見ていた菱形三色ゼリーのカップと、瓶牛乳がトレイの上に載っていた。

しっかりメニューを見回すと、甘利田はマイ箸箱をおもむろに取り出す。フタをスライドさせ、中の箸を手に取る。

(見よ、この黒光り。何度でも言おう。味は匙で変わる)

満足気に箸を見つめると表情を引き締め、まずは栗ご飯の盛られた器を手に取る。

(まずは、敬意を表して主役から)

栗ご飯を掬い、口に運ぶ。目を閉じ、しっかり味わう。ホクホクした食感に、砂糖では味わえないほんのりした甘み。塩気の効いたご飯が栗の独特の甘みを強調する。

（うまい。今このとき、私にとっての秋が始まった。口の中に広がる上品な甘み。子供の雑な舌には到底理解の及ばない、まさに大人のための給食だ）

栗ご飯の次は、ニラ玉スープを啜る。ニラの青臭さとふんわり卵、鶏ガラの旨味が利いたスープが食欲をさらに誘った。

（ニラ玉スープというのがまたニクい。ほんのり中華を混ぜてくる。主食と汁物が黄色同士という演出。どんどん食が進んでしまうではないか）

栗ご飯、ニラ玉スープを交互に食べていく中でそんなことを思い、ふと手を止める。一気に食べ切らないよう、牛乳で一息。

（栗料理は、栗きんとん、栗羊羹（ようかん）、栗饅頭（まんじゅう）、マロングラッセなどお菓子系が主流だが、私にとっての栗は、この栗ご飯一択だ。炊いた栗に薄い塩気をまとわせて独特の甘さに仕上げている。これこそジャパンクオリティ。甘いものを、ただ甘く食うほど日本人は単純ではない）

改めて栗と米を口に入れ、ゆっくりゆっくり噛んでいく。頬が緩み、笑みが深まる。

（栗という食材が私に語りかける。これがロマンだと。そう、マロンこそロマンなんだと）

咀嚼しきって飲み込んだあと、感動を噛み締めるように上を向く。しばしその状態で小休止を挟んで、再びトレイに向き直った。

(続いてこれだ。スタミナ炒め。スタミナなんたらというと、大抵豚肉とかが入るのだが、給食ではなぜかレバーが登場する)

箸で挟み、口に入れる。ガツンと来る濃い塩辛さに、独特のコクと旨味、ニンニクの香りが、柔らかいレバーのクセをまろやかにして、おいしさを引き立てる。

(何がいいって、この照り照りの色合いと、無駄に濃い味。私は知っている。これはオイスターソースというやつだ。栗ご飯とのコラボはバッチリだ。無駄なしょっぱさに拍手)

心の声の通り、小さく拍手する甘利田の視界に、ふと三色ゼリーが映る。

(いや……この特別なデザートとは、すべてを終わらせてからまみえよう)

三食ゼリーを奥に置いて、手前に栗ご飯とニラ玉スープ、スタミナ炒めを中央に配置し直した。

(では、いざ)

勢いよく箸を振るって、栗ご飯をガツガツ食べ、ニラ玉スープをゴクゴク飲み、スタミナ炒めを嚙み砕く。そのローテーションの末に、牛乳を一気にあおる。

一息ついてから、奥に追いやっていた三色ゼリーを中央まで引き寄せた。

(もしかしたら私の給食人生で、最後の三色ゼリーかもしれない)

プラスチックの容器に、今日はまだ使われていなかった先割れスプーンを差し入れる。

（禁断の三色を刺し抜く。今日はそんな気分だ。一層ずつめくり取って食べるいつもの私の所作とは違う。乱暴ではあるが、本来菱餅とはそういうものである）

　三色すべてを掬い、スプーンの上に載せる。ぷるんとした瑞々しいゼリーに教室の電灯が反射し、キラキラ光っている。

　ゆっくり口に運び、冷たくてジューシーな味わいに感じ入る。

（通常はひなまつりの日に出て、全校生徒を虜にするデザート。あまりの人気ぶりに、三月だけでなく、秋の収穫を祝うこの季節にも出るようになった）

　飲み込むとまたスプーンでゼリーを掬い、口をすぼめてちゅるりと吸うように食べる。

（ちなみに、この三色には意味がある。赤は花、白は雪、そして緑は新緑だ。花の下に残雪が、その下には緑が芽吹く……春先の変わりゆく風景を表している。季節の変わり目という意味では、今食べるのは正しい。そして、私自身の節目という意味でも……）

　そこまで思ったとき、甘利田の手が止まった。励まされて給食に集中できたことで、一時的に忘れていた——嫌な現実。

　だがすぐに、甘利田は首を振ってその考えを振り払う。

（余計なことを考える必要はない。今はただ、おいしい給食を食べるのみ。きっと、奴だってそうしている）

　顔を上げると、神野もすでに三色ゼリー以外は食べ終えているようだった。

そしてその三色ゼリーの上には、一際大きく、まるまるとした栗がひとつ載っている。

(ああ……そうか。いいことをするじゃないか……)

甘利田は、思わず微笑む。視線に気づいたのか、神野も甘利田を見る。二人は、互いを見て嬉しそうに微笑み合った。

(不思議と今日は、受け入れられる。そんなひと手間で、あんな素敵なデザートにできるのか、と感心する。赤白緑に、黄色を一つ。奴だけは四色ゼリーだ。さしずめ、最上段のマロンは、まだ衰えを見せない太陽の輝きか。春のゼリーとは違う、それは秋のゼリーだ)

本来は、春の季節の変わり目を表す三色ゼリー。それを現在、秋の変わり目にふさわしい形にした神野。その発想に、甘利田は素直にうなずいた。

神野が、嬉しそうにゼリーを食べ始める。口に含むと、さらに笑みは深まった。

(今日も、負けたなあ)

そう思う甘利田の胸に、いつもの敗北感はなかった。ただ素直に感心し、神野の食べ方を認めた上で、自分は普通の三色ゼリーとして食べていく。

最後の一口を掬い上げ、口に入れた。

(ああ……仕上がった)

飲み込み、プラスチックの容器とスプーンをトレイに置く。ちょうど、神野も食べ終えていた。二人は揃って手を合わせ、「ごちそうさま」と呟く。

常節中学を離れて二年、神野と再会し、再び競い合う日々が戻ってきた。一度は同志として認めた神野と、対決する道を選んだ甘利田。いざ対決してみると、以前と同じように負け続きだった。その敗北感は、ただその食べ方が羨ましいという気持ちから来るものだけではない。

その奥に見える姿勢や考え方が、甘利田自らを縛りつける「大人」という立場やプライドを、少しずつ取り払おうとしていた。敗北し、ストレスを感じ、同時に尊敬の念すら覚えた、神野の給食道。

それがあったから、今日が最後の給食かもしれないとしても、目の前の給食を全力で楽しむ心を――すべて失わないで済んだ。

生徒たちに励まされても、給食を楽しむ心を失わずに済んでも――現状が変わったわけではない。それでも甘利田は、この後の職員会議に臨む覚悟を固めることができた。

その一方で――

「……」

元気がないところから、神野と共に給食を食べ終えるところまで、すべて見ていた宗方。

甘利田と神野の、給食を通したコミュニケーション。甘利田、そして神野が給食を前に何を考え、食べているのかなど、見ているだけの宗方には決してわからない。

でもその時間が――かけがえのない、とても大事な時間であることだけは、もう充分、宗方は理解していた。

それが、自分のせいで奪われようとしている――その罪悪感による苦しみを振り切るように、宗方は三年一組から立ち去るのだった。

午後の授業の時間が過ぎ――放課後。生徒たちが校庭を突っ切って校門に向かっていく姿や、ボールを使って遊んでいる姿が見える。

甘利田は屋上にいた。空はうっすら赤みを帯び始めてきている。

「――甘利田先生」

真野の声がした。甘利田は景色を眺めたまま「はい」と返事をする。

「教育委員の方がお見えです」

「そうですか」

「あの……今日、宗方先生が質問する形となるそうです」

「わかりました」

緊張した声で教えてくれる真野に短く答える甘利田だが動く気配はなく、景色に目を向けたままだ。

子供たちの、ノリノリの校歌に励まされた。どんなときにでも変わらず楽しませてくれる給食を、しっかり味わった。神野の工夫も、素直に受け入れることだってできた。

それでも、愛する給食が食べられなくなるかもしれない——その現実は、今の時点では変えようがなかった。多少覚悟はできても、悲しいものは悲しい。

そういった気持ちが、甘利田を動けなくさせているのかもしれない。

すると、真野が「あ、あの……甘利田先生」と再び声をかけてきた。この気まずい状況の中、戸惑いはあっても、迷いのない呼びかけだった。

「俺、先生に迷惑ばっかかけてて……それは、俺がバカだから仕方なくて。それで……」

甘利田に注意されても、生徒と一緒になってはしゃぐのをやめなかった真野。それはべつに、甘利田への反抗心（はんこう）からではなかったようだ。

「ただ、甘利田先生がいてくれたから——俺も朝の校門で、はしゃげたっていうか……」

うまく言えないのか、どこかもどかしそうな真野の言葉に、甘利田は振り返っていた。

「真野先生」

「すみません、バカで」

真面目な顔の甘利田から、「意味がわからない」とでも言われると思ったのか、真野は申し訳なさそうに告げる。だが次の瞬間。

「先生は、私の憧れです」

甘利田は、そうハッキリ言った。「はい？」と真野は間抜けな声を出す。この状況で、この流れで、甘利田からそんなことを言われるなんて、予想もしていなかったのだろう。

だが甘利田の心には、すとんと納得できるものがあった。

いつか、真野と校門に立っていたとき。同じようにできたら苦しくないのだろうか、と思っていたことがあった。すぐにありえないと否定していたが。

たとえ羨ましいとどこかで思っていても、今の自分と違うものを認めるのは難しい。甘利田が、神野に対して感じていた気持ちは、まさにそういうものだ。

自分と違う立ち位置の真野を、甘利田は何度も叱ってきた。しかしそのスタンスを無理矢理変えるわけでもなく、かといって否定するわけでもなく——こうして、自分と違う人間を認めることができる。

明らかに様子がおかしくなった甘利田を、励まそうとしてくれている。同志であるはずの神野を素直に認められずにいた甘利田にとっては、なかなかできることではなかった。

「え？　はい？」

真野自身がそれを自覚しているかどうかはともかく、甘利田にはそう感じられたのだ。

だからこそ、素直に「憧れ」という言葉が出たのだろう。

「見てください、夕焼けですよ」

戸惑う真野に言いながら、甘利田は空を見上げる。いつの間にか夕焼けの色が濃くなり、雲も赤く染まっていた。

「こうしていつの間にか、秋になるんですね」

外の空気や、植生、空模様――実際に見て、感じたものから、移り変わる季節の変化を知ることができる。

そういった変化を実感するのは――何も、季節の変わり目だけではないのかもしれない。

「……」

真野からすれば、なんのことやらさっぱりだろう。それでも真野は変に言葉を挟まず、甘利田を見守っている。

「行きましょうか」

「あ……はい」

甘利田に呼びかけられて、ようやく真野は言葉を返したのだった。


緊張で全身に力がこもったまま会議室の椅子に座っていた宗方は、ガラリと引き戸が開く音に気づいて顔を上げた。

最初に甘利田が入り、軽く頭を下げる。その後ろから入った真野が引き戸を閉めた。

会議室には、すでに教師全員が集合し、着席していた。上座近くに箕輪、鏑木、そしてもう一人、六〇代くらいの男性が一人座っている。目を閉じた表情は険しく、頑固そうだ。

宗方も今日初めて見る人物だった。

甘利田の姿を認めた鏑木が立ち上がる。

「教育委員の佐久本先生です」

自分の隣に座る初老の男性――佐久本を紹介する。本人は腰を下ろし、目を閉じたままだった。気にせず、「甘利田です」と名乗り、佐久本に向けてもう一度頭を下げる。

「佐久本先生も私も忙しいんでね。五分で終わらせたい。そこに立ってください」

言いながら、鏑木は空いていた上座中央を指さした。甘利田が言われるままに進み出て、上座の中央に立つと、鏑木は全体に向けて口を開く。

「初めての方もいらっしゃるので改めて自己紹介します。鏑木です。学校教育局の健康保険課で課長をさせていただいています」

自己紹介を終えると、鏑木は深刻そうに顔をしかめて本題に入った。

「この度、当校において、甘利田幸男教員の教師としての素行不良の告発がございましたので、事実確認の聴聞会を開かせていただきました。それでは告発された宗方先生、お願いします」

鏑木が言った瞬間――一斉に教師たちの視線が宗方に向いた。すでに感じていた緊張がさらに強まり、身体が強張る。

宗方はゆっくりと立ち上がった。「あの……」と僅かに声を漏らすが、言葉は続かない。

「……宗方先生？」

「……はい。ちょっと、すみません」

鏑木から不審そうに見られても、宗方は強張った声を漏らすことしかできなかった。

どうしようもなく、逃げ出したかった。この状況を招いたのは、紛れもなく宗方自身で、今から中止することはできない。その現実が、宗方の胸を潰しかねないほど圧迫していた。

「――宗方先生」

息が詰まりそうな緊張の中――甘利田の声が、やけにしっかり宗方の耳に届いた。あまりに平然とした、いつも通りの声に「え？」と宗方は思わず甘利田に顔を向ける。

「どうぞ。思っていることを言ってください」

見慣れた、厳しい顔つきの甘利田。最近では、給食について考えているときの緩んだ顔もだいぶ見慣れてきているが――それでも、どっしり構えるいつもの甘利田に、宗方は少しだけ力が抜けるのを感じた。

気を取り直すように宗方は深呼吸して――話し始めた。

「私は……最初甘利田先生が、正直苦手でした。思ったことをなんでも言ってどんどんルールを変えて、でも自分の意見は変えなくて。こういう人は、学校にとってよくないと本気で思っていました」

満足そうに聞いている鏑木と、表情を一切変えず聞いている甘利田。他の教師や、教育委員の佐久本も黙って宗方の話を聞いていた。

「今年になって、私が三年の学年主任になって。だから、とっても……怖かったです……」

最初に思っていたことを口にしただけで、再び宗方は言葉に詰まってしまう。それを好機と見たのか、鏑木が引き継いだ。

「宗方先生、ありがとうございます。ここに証拠写真があります」

そう言うと、鏑木は準備していた写真を掲げた。駄菓子屋に出入りしているところや、実際に駄菓子を食べている姿が写っている。

「甘利田教員が学校帰りに近所の駄菓子屋で買い食いをしている写真です。それも毎日だ」

高圧的で、自分が正しいことを言っていると疑わない、強い語調で鏑木はさらに続けた。

「さらに彼は、異常なまでに給食に執着している。これはもう、尋常じゃない。卑しくも教師が生徒よりも給食を楽しみにしている。これは不真面目であると。私は断固許せないと思う次第でございます！」

力強い鏑木の主張が響いたあと、すぐにしんと静まり返る。誰も何も言えない空気が会議室を支配した。

「どうですか？　何か言い訳がありますか？」

得意げな顔で、鏑木が甘利田を見る。

宗方たちの話を聞いていた甘利田は、何も言わなかった。宗方の言葉は、本人の口からすでに聞いていた内容で、鏑木が見せつけた写真は彼の主張を裏付ける確かな証拠だ。

他人から、どう見えていたかを知ったところで、甘利田に弁解する余地はなかった。

鏑木は間を置かずに、再び口を開いた。

「何もないようなので、私のほうで立案した対処策を提案します。給食への偏愛、帰り道の買い食い、子供たちに大人のそんな姿を見せないために、この学校の教員は給食ではなく弁当を――」

「確かに甘利田先生は！」

だがここで宗方が突然遮った。鏑木が「……は？」と戸惑うのも構わず続ける。

「確かに、毎朝穴が開くほど献立表を見ています。献立表はケースに入れてデスクの引き出しにしまってあって、毎日磨きます。朝のホームルームも今日の献立を想像する時間にあてています。給食前の校歌は大声で歌って踊りますし、給食中は誰も寄せ付けないオーラを発します」

「だからそれが教師のやることかと」

苛立ちを含んだ鏑木の声が割り込むが、宗方はそれも無視して続ける。

「生徒たちは、そんな先生が大好きです」

宗方の言葉で、甘利田は今日の給食前の校歌斉唱のときを思い出した。給食が今日で最後になるかもしれないことに落ち込んだ甘利田に向けて腕を振り、身体を揺らして、全力で校歌を歌って励ました三年一組の生徒たち。宗方の言葉が、嘘でも出まかせでもないと、甘利田にはわかった。

「子供の好き嫌いなんてね……」

鏑木の反論を許さず、宗方は毅然とした態度で続ける。

「鏑木さんは、何が気に食わないんですか？　教師が給食を好きではいけませんか？　そのことで生徒に悪影響なんてないんです」

「おい、佐久本先生の前で何を言うか」

「私にはわかります」

聞き捨てならぬと声を荒らげて言い返そうとする鏑木。しかし宗方も引かない。

「最初、私は甘利田先生が嫌いでした。自由だからです。私はこんなに不自由なのに、なんでこの人だけこんなに自由なんだって。だから嫌いでした」

甘利田を嫌いだと思っていた理由。それはまさに、甘利田が神野を同じ給食好きの同志としてそのまま受け入れられず、何かにつけて敵対心を抱いていた理由と同じだ。

給食に創意工夫して、好きなように食べる。大人ならしないからと我慢したり、それを羨ましがったりすることなく、ただ自由に。

「鏑木さんも、同じなんですよね？」

最初の緊張した雰囲気は消え失せ、宗方は強い意志のこもった視線で鏑木を見つめる。

鏑木は「何をバカなことを……」と鼻で笑うような――それでいて、少し気まずそうな顔つきで吐き捨てた。

「甘利田先生は、私たちと違って好きなものを好きでいられるんです。そんな風に、私はなりたい」

宗方は、給食を愛するということだけは譲らなかった甘利田を――自由だと感じていた。人間は、自分のことこそ、一番見えないものなのかもしれない。甘利田は、宗方からそう教わったような気がしていた。

宗方の追いうちをかけるような言葉に、鏑木は忌々しそうに顔を箕輪に向けた。

「……箕輪校長、あなたはどうなんだ？　こんな統制の取れていない現場の責任はあなたにあるんですよ」

宗方が完全に自分の側から離脱したのを理解し、さらに上の立場の人間に責任を問う。名指しされた箕輪はその場で立ち上がった。

「甘利田先生」

「はい」

「買い食いはやめられませんか？」

責めるでも懇願（こんがん）するでもなく、淡々と問う箕輪。甘利田は少し考えるように間を空けてから答える。

「……やめられません」

「なぜですか」

「駄菓子が好きだから……ではダメですか」

「なるほど」

「なるほどじゃないでしょう」

箕輪がうなずくと、鏑木が呆れながら口を挟む。しかし箕輪は鏑木を無視して――ずっと目を閉じたまま聞いている佐久本に視線を向け「佐久本先生」と呼びかけた。

「この学校のモットーは、質実剛健。飾り気がなく真面目でたくましい、という意味です」

箕輪の言葉を、佐久本は目を開けて聞いていた。

「甘利田先生に問題がないとは言いません。ですが、それ以上に貴重な人材だと私は思います」

「何を！」

声を荒らげて怒鳴り散らしそうな勢いの鏑木を、「鏑木課長」と佐久本の静かな声が制した。瞬間、鏑木はビクリと動きを止め「はい」と返事をする。

「帰りましょう」

「いや……しかし」

「報告と違う。あなたの案は却下です」

そう言うと、佐久本は立ち上がる。鏑木が「佐久本先生」と呼びかけた。

「失礼する」

鏑木の制止も虚しく、佐久本はそのまま立ち去ってしまった。そのあとを、「佐久本先生」とさらに呼びかけながら鏑木も追うのだった。

廊下に出た佐久本は、どんどん先に進んでいく。その後ろから、鏑木が追いすがる。

「ちょっと待ってください。彼には問題があるんです」

悲痛な叫びとして響く鏑木の声に、佐久本が足を止めて振り返った。

「甘利田先生は……言い訳をしませんでした」

「それは、自分がやましいから……」

「逆です。自分に自信があるからです。どうなろうとも、悔いがない。そういう覚悟が、あの人にはある」

ぴしゃりと鏑木の言葉を遮る佐久本。断言された言葉の強さに、鏑木は反論できない。

「そういう教師は貴重です」

「しかし彼は、給食のことしか……」

「給食のことしか言わないのは、あなたも同じじゃないですか」

鏑木は、ぐうの音も出なかった。彼が提案した甘利田に対する処遇も、結局は給食に関してだったことを思えば、当然の反応だった。

「あなたも給食が好きなはずだ」

静かでありながら確信に満ちた佐久本の言葉に、「……私は」とだけ鏑木は呟く。

「立場が邪魔して言えませんか」

「好きとか嫌いとか……」

「言っていい」

濁して逃れようとする鏑木の言葉に、佐久本はさらに断言する。再び鏑木は言葉を失う。

「言えないから、言える人を攻撃するのは違いますよ」

そしてついに、鏑木は本当に何も言い返せなくなった。

好きなものを、好きと言えない。言える人間を攻撃したら、それはただ自分が好きだと言えないことに対する、八つ当たりでしかない。

鏑木は「八つ当たりなどではない」と、主張することができなかった。

その場に立ち尽くしていると、会議室から人が出てくる気配がして鏑木は振り返った。

甘利田と、宗方だ。

しばし甘利田と鏑木は睨み合っていたが、佐久本が「甘利田先生」と口を開いた。

「私の教職の始めは、函館の中学校でした」

突然話し始めた佐久本に、甘利田はさして驚いた様子もなく「はい」と相槌を打った。

「そこでは、給食にイカメシが出た」

「そうですか……」

いつもの険しい表情のままだが、甘利田は小さくうなずく。

「あれは……うまかった」

「はい」

そのときのこと——イカメシを食べたときのことを思い出したのか、佐久本は笑顔になっていた。軽く会釈すると、佐久本は笑顔のまま歩み去って行った。

その後ろを、「ふんっ」と鼻を鳴らした鏑木が、ズカズカ大股で追いかけていく。

甘利田と宗方が二人の背中を見送り、見えなくなった頃。

「……さて」

「はい？」

「駄菓子でも、食べに行きますか」

買い食いについて追及された職員会議の直後に、駄菓子を食べに行こうと誘う。平然と言う甘利田に、宗方は思わずといった様子で笑みをこぼした。

そんな宗方の笑顔を見て、甘利田も自然と笑っていたのだった。

その後、本当に甘利田と宗方は駄菓子屋までやってきた。すでに目的の駄菓子を買い、ベンチに並んで座っている。

買った駄菓子の袋を甘利田が開けようとしたところに——神野の姿が目に入った。甘利田たちを見ながら、歩み寄ってくる。

「……何をしている」

「道草です」

甘利田からの問いにしっかり答えると同時に、神野は甘利田の隣に腰を下ろした。

「お前な……」

「先生、いいじゃないですか」

呆れた声を出す甘利田を、宗方が制した。柔らかな雰囲気になった宗方に、甘利田がそれ以上神野に小言を言うのをやめる。甘利田が持つ袋を見て、神野が反応した。

「あ、ドンパッチ」

中央にトゲトゲしたキャラクターが描かれた袋の上に、「DONPACH」——ドンパッチの文字。

ドンパッチとは、細かくて小さなアメだ。ただ甘いアメというわけではなく、口の中で弾けてパチパチ音が出る特殊なアメ。口の中で弾けるので、少し痛みを感じることもある。

「食べたことあるか？」

「ないです。勇気がなくて」

「同じだ。宗方先生も」

甘利田が顔を向けると、宗方は照れくさそうに笑った。

「どんな感じか試したくて」

「いいですね」

宗方の言葉に、神野が興味深そうに同意する。それを見た甘利田は、「じゃあ」と声をかけつつ袋を開けて、手を出した。倣うように、宗方、神野も手を出す。

袋を傾け、それぞれの手にドンパッチを振り分けていくと――甘利田の背後からさらに手が伸びてきた。お春だ。少し呆れつつ、お春の手にもドンパッチを振り分ける。

四人は、各々自分の手のひらに載る、茶色の小さなアメの粒――ドンパッチを見つめた。

「行くぞ」

甘利田が声をかけると、宗方と神野が「はい」と返事をする。

そしてお春が、「せーの」と言った直後――四人は、手のひらに載ったドンパッチを一気に口に放り込んだ。

沈黙――直後、パチパチと弾ける音と、シュワシュワと炭酸ガスのような音が響き始めた。四人は揃って、「いたたたた」と弾けるドンパッチの痛みに身をよじる。

そんな状況でも、甘利田は少しだけ別のことを考えていた。

(私は、給食が好きだ。それは誰にも止められない)

口を開けて、中のパチパチした様子を神野に見せる甘利田。笑って真似をする神野。お春も、宗方も、楽しそうに笑いながらドンパッチを見せ合い、「いてて」と悶絶する。

(この地に来て、駄菓子の深さを知った。人は少しずつ、自分の心を満たすものを増やしていく)

威厳ある教師にはほど遠く、生徒と一緒になってはしゃいでしまう――真野。そんな彼には、自分と違うものを受け入れられる懐の深さがあった。

今年還暦の校長、箕輪。少しとぼけたところはあるけれど、甘利田の本質を見つめて、それを優しい目で見守ってくれた。

そしてここにいる、宗方やお春――給食道を共にしてきた、神野。

(私は図らずも、いい人たちに囲まれていたのかもしれない)

今、そう素直に思えたのは、ずっと変わらず給食を愛しながらも、駄菓子という新たなものや、自分の未熟さや足りないものを、受け入れていったからだろう。

大切なものを変わらず愛しながらも、人は少しずつ変化していく。

いつの間にか、夕焼けがいっそう鮮やかに空を赤く染め上げていた。夜の気配が本格的に強まる中、口の中からドンパッチが消えると、再チャレンジとばかりに甘利田からドンパッチを分けてもらう宗方と神野。

（もうすぐ、秋が来る）

夕焼けに辺りが赤く染まる中、吹き抜けていく、真夏よりも少しだけ涼しく感じる風を受けながら、甘利田ももう一度、ドンパッチを口に入れるのだった。

あとがき

初めましての方は、初めまして。「おいしい給食」の前作からご覧いただいた方、また別作品で見たことある名前だなー、と思って手に取ってくださった方は、お久しぶりでございます。

今回は、『おいしい給食　餃子とわかめと好敵手』ということで、二〇二一年一〇月から放送されたドラマ「おいしい給食　ｓｅａｓｏｎ２」の原作本となります。

甘利田先生が給食にかける情熱や妄想はそのままに、今回新たな要素も加わり、「好きなもの」の幅がさらに広がっていきます。

映像ならではの迫力や空気感、肩の力を抜いて笑って見られる楽しさは健在ですので、ドラマをご覧になっていない方は、そちらのほうもぜひチェックしてみてください。

原作本では、前作に引き続き「小説ならでは」の部分を描いています。

改めて今回の『おいしい給食　餃子とわかめと好敵手』を振り返ってみると……人は、なかなかに不自由な生き物だなぁ、という気持ちになります。

給食を心から愛し、給食を中心に生活し、それを周りには隠せている……と思い込めるマイペースな甘利田先生も、同じ給食道を行く神野(かみの)くんを前にすると敗北感を感じずにはいられない。

創意工夫(そういくふう)する姿勢に圧倒されたり、単純においしそうで羨ましかったり、自分と比べてしまったり。

今作も、そこは前作と変わりません。ただ今回は、その中でも「好きなものに対する向き合い方」にスポットを当てた内容になっています。

今では大人子供関係なく、「こんなもの好きなんて」とか「大人げない」とか言われたり、自分でも思ったりして……なかなか素直に表に出せない、認められないなんてこともあるのではないでしょうか。素直に好きだと言える人を羨ましく思ったり、そもそも羨ましいと思っていることにも、気づいていなかったり。

給食が大好きな中学校教師、甘利田幸男(ゆきお)。新たな環境の人たちは、彼からどんな影響を受けて、また甘利田先生自身もどんな影響を受けるのか。

楽しく笑える映像の裏の、なかなか見えない登場人物たちの心の奥を、少しでも楽しんでもらえたら幸いです。

紙吹みつ葉

本作品は書き下ろしです。

またこの物語はフィクションです。実在する人物、団体等とは一切関係ありません。

本文扉イラスト
メニュー一～四　アサギサビ
メニュー五～六　白花るい
メニュー七～ラストメニュー　八木森千浬

協力　アミューズメントメディア総合学院　ＡＭＧ出版

中公文庫

おいしい給食(きゅうしょく)
——餃子(ぎょうざ)とわかめと好敵手(こうてきしゅ)

2021年12月25日　初版発行

著　者　紙吹(かみぶき)みつ葉(ば)

発行者　松田陽三

発行所　中央公論新社
〒100-8152　東京都千代田区大手町1-7-1
電話　販売 03-5299-1730　編集 03-5299-1890
URL http://www.chuko.co.jp/

ＤＴＰ　ハンズ・ミケ
印　刷　大日本印刷
製　本　大日本印刷

Published by CHUOKORON-SHINSHA, INC.
Printed in Japan　ISBN978-4-12-207149-0 C1193
定価はカバーに表示してあります。落丁本・乱丁本はお手数ですが小社販売部宛お送り下さい。送料小社負担にてお取り替えいたします。

中公文庫既刊より

い-129-1
ひぐまのキッチン
石井睦美
「ひぐま」こと樋口まりあは、粉や砂糖などを扱う食品商社「コメヘン」に入社したばかりの二十三歳。秘書課新人として、心をこめてお好み焼きつくります⁉
206633-5

い-129-2
から揚げの秘密 ひぐまのキッチン
石井睦美
人見知りのまりあが、食品商社「コメヘン」に入社して九か月——。慣れぬ秘書業務に四苦八苦しつつも、彼女の頭にはあるアイデアが浮かんでいた。
206743-1

い-129-4
もちじゅわ中華まんの奇跡 ひぐまのキッチン
石井睦美
食の専門商社「コメヘン」に入社して二年目の冬。キマジメ秘書の樋口まりあは、来客に出す手料理に少々自信がつき、ついには恋の予感も⁉ 文庫書き下ろし。
206984-8

く-23-7
洋菓子店アルセーヌ ケーキ作りは宝石泥棒から
九条菜月
恋人の浮気発覚でボロボロの陽咲は、傷を癒してくれたケーキの美味しさに感動し洋菓子店「アルセーヌ」で働くことに。だがこの店には怪しい裏稼業が？
206707-3

く-23-8
洋菓子店アルセーヌII 裏稼業のあとは甘いデザートで
九条菜月
美味しいケーキと怪盗業を営む異色の洋菓子店で働く陽咲。今回初めてウエディングケーキの発注を受けるが、店主・大空に異変が？
206798-1

た-94-1
まんぷく旅籠 朝日屋 ぱりとろ秋の包み揚げ
高田在子
お江戸日本橋に、ワケあり旅籠が誕生⁉ 人生のどん底を知り、再出発を願う者たちが集められた新生「朝日屋」が、美味しいご飯とおもてなしで奇跡を起こす！
206921-3

た-94-2
まんぷく旅籠 朝日屋 なんきん餡と三角卵焼き
高田在子
店先で、元女形の下足番・綾人に「動くな！」と命じる男の声。ちはるが覗いてみると……料理自慢の「朝日屋」は、今日も元気に珍客万来！ 文庫書き下ろし。
207079-0

各書目の下段の数字はISBNコードです。978-4-12が省略してあります。

や-64-1　出張料亭おりおり堂　ふっくらアラ煮と婚活ゾンビ　安田依央

天才料理人の助手になって、仕事も結婚も一挙両得？ 恋愛下手のアラサー女子と、料理ひとすじのイケメン、もどかしすぎる二人三脚のゆくえやいかに。シリーズ第一弾。

206473-7

や-64-2　出張料亭おりおり堂　ほろにが鮎と恋の刺客　安田依央

仁さんの胸に飛びこむ可憐な娘。立ち尽くす澄香……！ 突如現れたライバルが語る、仁さんの秘められた過去とは？ 早くも波瀾のおいしいラブコメ、第二弾！

206495-9

や-64-3　出張料亭おりおり堂　コトコトおでんといばら姫　安田依央

天才イケメン料理人・仁への恋を秘め、助手を務めてきた山田。「おりおり堂」休業の危機を乗り越え、再び春を迎えられるのか？ 人気のおいしいラブコメ第三弾！

206536-9

や-64-4　出張料亭おりおり堂　夏の終わりのいなりずし　安田依央

「必ず戻る」その言葉を残し、仁が京都へ旅立ってから一年半が経った。彼を待ち続ける澄香の心は揺らぎ続け……。謎の人物も登場し、新章突入へ！

206719-6

や-64-5　出張料亭おりおり堂　月下美人とホイコーロー　安田依央

「おりおり堂」に仁が戻り、澄香はまさかの「喪女卒業」か——に思われたが、新たな居候が邪魔をしてきて……。新章第二弾！

206803-2

や-64-6　出張料亭おりおり堂　ほこほこ芋煮と秋空のすれ違い　安田依央

仁にプロポーズされた⁉ 浮かれていた山田澄香だが、仁はあれ以降何も言ってこない。不安になる中、謎の美女も店に現れて……？

206874-2

や-64-7　出張料亭おりおり堂　こっくり冬瓜と長い悪夢　安田依央

料理の依頼で老舗旅館に赴いた仁と山田。だが周囲で「こりこり堂」という仁の偽者が出現！ 更に仁の様子もいつもと違い……。シリーズ第七弾！

207116-2

た-30-58　台所太平記　谷崎潤一郎

特技はお料理、按摩、ゴリラの真似。曲者揃いの女たちが、文豪の家で元気にお仕事中！ 珍騒動と笑いが止まらぬ女中さん列伝。〈挿絵〉山口　晃〈解説〉松田青子

207111-7